imaginist

想象另一种可能

理
想
国
imaginist

设备启动前，

请确保所有人

都对其危险部分

做了防护措施。

——反铲挖掘机*JCB†，2016 年，《安全手册》

您是要给我们讲述星际间

另外的世界？

另外的生物？

另外的生活？

——厄休拉·K. 勒古恩，《黑暗的左手》

三人最先做的就是把胸脯露了出来。她们坐在床沿上，在镜头跟前一个接一个地脱掉了 T 恤衫，接着又把胸罩也脱了下来。罗宾几乎没有什么好展示的，但她也跟着这么做了，与其说她在意的是这游戏本身，倒不如说是卡蒂亚和艾米的目光。她俩曾和罗宾说过，要想在南本德 * 生存下来，最好还是和强者做朋友。

　　摄像头就安在那只毛绒玩偶的眼睛里，它的底座下隐藏着三个轮子，有时候，在前进或后退时，它还会在底座上转。一个不知身在何处的家伙控制着它，女孩们不知道那是个什么人。这是只样式简单、做工粗糙的熊猫，可它看上去更像个一端被切成好几片因而能立在地上的橄榄球。

不管摄像头后面的那个家伙到底是谁，总之，他正试图把她们仨的情形尽收眼底，于是，艾米把熊猫玩偶拿起来，放在一张凳子上，好让摄像头跟她们的胸脯处在同一高度上。这个熊猫玩偶是罗宾的，但罗宾的东西同时也属于卡蒂亚和艾米，这是她们三个在星期五立下的誓约，一个把她们接下来的生活联结在一起的誓约。现在，每个人都该表演自己的小节目了，她们便把衣服又穿了起来。

艾米把熊猫玩偶放回到地上，拿起她从厨房拿来的水桶，扣在了玩偶上，把它完全罩住。于是，水桶焦躁而盲目地在房间里打起转来，撞到了笔记本、鞋子和扔在地上的衣服，这似乎让它愈发恼火了。在艾米假装呼吸急促并发出兴奋的呻吟声时，水桶停了下来。卡蒂亚也加入这场游戏，两个人一起伪装了一次持久、投入的性高潮。

等二人终于不笑了，艾米提醒卡蒂亚："这可不能算你的节目。"

"当然不算，"卡蒂亚说着，一下子蹿出了房间，"你们先准备着！"她喊道，沿着走廊跑远了。

虽然罗宾心里很敬佩卡蒂亚和艾米，她们为人处世时那种放荡不羁的劲头，她们和男孩子说话的方式，她们总能让头发散发出好闻的气味，也总能让涂好油的指甲在整整一天内保持完好，但这些游戏还是会让她感到不自在。每当游戏有些越轨时，罗宾都会在心里想，她们俩是不是在考验她。卡蒂亚和艾米把她们的小团伙称为"三人帮"，作为最后入伙的成员，罗宾一直努力向她俩看齐。

卡蒂亚带着她的背包回到了房间。她坐到水桶跟前，将熊猫玩偶放了出来。

"注意啦！"她对着那玩偶的摄像头说，熊猫的眼睛牢牢地盯住了她。

罗宾心想，这玩意儿到底能不能听懂她们说的话。看起来它好像能听懂，毕竟她们说的是英语，这可是全世界通用的语言。出生在一个像南本德这样无聊透顶的城市能带来的唯一好处也许就是会说英语了，尽管如此，在这里，你还是可能会遇到一个连问时间都不会的外国人。

卡蒂亚打开背包，拿出了她体操课的相册。艾米拍起手嚷道：

"你把'小婊子'带来了？你要给它看'小婊子'？"

卡蒂亚点点头。她翻着相册，兴奋地寻找着，舌尖儿从嘴唇间露了出来。找到那张照片后，她把相册平摊开，举到熊猫玩偶的面前。罗宾探身瞧了瞧。原来是苏珊，生物课的优等生，但体育课却总被她们"三人帮"找茬。

"人家都叫她'肥臀婆'。"卡蒂亚说道。她噘了好几下嘴唇，每当她要按照"三人帮"的规矩干点儿最"高级"的坏事时，都会这样噘噘嘴，"我要给你展示一下怎么用她空手赚钱，"卡蒂亚对着摄像头说，"罗宾，亲爱的，在我给这位先生解释他的任务的时候，你能不能举着相册？"

罗宾走过去举起了相册。艾米好奇地看着，她并不知道卡蒂亚要照什么剧本来。卡蒂亚在手机里翻找着，她找到了一段视频，把手机屏幕举到了熊猫玩偶眼前。视频中，苏珊正把长袜和短裤褪下。这段视频好像是在学校厕所的小隔间拍的，摄像头应该就在抽水马桶后面，也许她们把它放在垃圾桶和墙壁之间了。视频里传来几声放屁的声音，三个女孩都哈哈大笑起来，而当看到苏珊在拽动冲水链前还看了看自己的排泄物时，她们都兴奋地喊了起来。

"这贱人可有的是钱，亲爱的，"卡蒂亚说，"你拿一半，另一半归我们。我们'三人帮'没办法再敲她一笔了，学校管事儿的已经盯上我们了。"

罗宾不明白她们在说什么，这已经不是她第一次被排除在"三人帮"的那些"非法"行动之外了。卡蒂亚的节目马上就要结束了，之后就要轮到她了，可她还什么都没想好呢。她的双手已经汗津津的了。卡蒂亚拿出本子和铅笔，写下了几条信息。

"这是'肥臀婆'的全名、电话、电子邮箱和地址。"她说道，把那张纸放到了照片边上。

"这位先生要怎么把钱交给我们呢？"艾米问卡蒂亚，一边朝镜头里那位假想中的先生挤了挤眼睛。卡蒂亚迟疑起来。"咱们不知道那家伙究竟是谁，"艾米说，"所以才给他看咱们的胸脯，对不对？"

卡蒂亚求助般地看向罗宾。卡蒂亚和艾米只有在放纵过头、发生争执的短暂时刻，才会指望罗宾表态。

"这位先生要怎么把他的邮箱地址给我们呢？"艾米继续以开玩笑的口吻说。

"我知道该怎么办。"罗宾说。

卡蒂亚和艾米吃惊地看着她。

这就是她的小节目了，罗宾想，这样她就可

以交差了。熊猫玩偶也转向她，试图弄清此刻的
状况。罗宾放下相册，走到她的柜子前，在抽屉
里翻找起来。她拿着一块通灵板*走回来，把它打
开，放在地上。

"到板子上来。"她说道。

熊猫爬上了通灵板。它底座下的三个塑料轮
子毫不费力地扒住了硬纸板，让它顺利地登了上
去。它沿着那些字母走着，像是在研究字母表。
虽然它的身体所占的地方比一个字母要大，但它
要是用轮子挡住字母，大家马上就能明白它所指
的是哪一个。熊猫停在了呈拱形排布的字母下方，
待在那里不动了。很明显，它清楚该怎么样使用
通灵板。罗宾心想，自己已经把胸脯给这熊猫看
了，还教了它跟自己沟通的方法，那等卡蒂亚和
艾米走了，她不得不独自面对这玩意儿的时候，
又该怎么办呢。

"太棒了！"艾米说道。

罗宾则勉强挤出一丝笑容。

---

* 通灵板（Tablero de ouija），也被称为灵乩板、灵应盘、对话板，
是流行于欧美的一种占卜方式，可能起源于古代巫术。外形为
平面木板或硬纸板，上面标有各类字母（或文本）、数字及其
他符号，被用来进行通灵对话。

"你觉得我们三个里谁的胸最好看？"卡蒂亚问道。

熊猫在通灵板的字母间快速移动起来。

"金——发——小——妞"

卡蒂亚露出自豪的笑容，可能是因为她知道它所言不虚。

怎么没早点儿想到用通灵板呢，罗宾想。这毛绒玩偶已经在她的房间里来来回回地转悠了一个多星期了，她本可以安安静静地跟它聊聊天的，也许那位"机控"是个很特别的人，是个能让她爱上的男孩，可惜她把这一切都搞砸了。

"你要接'肥臀婆'这单生意吗？"卡蒂亚问道，又向熊猫亮了亮苏珊的照片。

熊猫移动着，又写了起来。

"婊——子——们"

罗宾皱起了眉头，她感觉受到了伤害，尽管这毛绒玩偶骂她们可能也没什么不对，因为她很清楚她们仨在做的并不是什么好事儿。卡蒂亚和艾米对视了一眼，自豪地笑了起来，还朝罗宾吐了吐舌头。

"这也太一般了吧，"艾米说道，"让咱们瞧瞧，这位先生还会说些什么？"

"我们还是什么呀，我的贴心人儿？"卡蒂亚鼓励着对方，性感地向他抛着飞吻，"你希望我们成为什么呢？"

"钱"

一定要全神贯注才能跟上玩偶的速度。

"你——们——要——给——我——钱"

三个女孩互相看了看。

"乳——房——被——拍——下——来——了——每——个——4——0——0——元——共——2——4——0——0——元"

艾米和卡蒂亚对视了几秒钟，笑了起来。罗宾抓住自己的 T 恤衫，紧紧地攥着，试着挤出一丝笑容。

"那你要向谁收钱呢？"艾米问道，跃跃欲试，想再次撩起 T 恤衫。

"不——付——钱——乳——房——视——频——就——发——给——苏——珊"

这下艾米和卡蒂亚严肃起来了，这可是头一回。罗宾没法决定该站在哪一边，她的毛绒玩偶似乎成了铁面判官。

"给人家看什么都随便你，"艾米说，"我们拥有的可是城里最漂亮的乳房。根本没什么丢人的。"

罗宾知道艾米并没把她包括在内。艾米和卡蒂亚击了个掌。于是，熊猫开始在通灵板上翩翩起舞，不停地写着，拼出了罗宾差点儿读不出来的词语。

"我——有——罗——宾——妈——妈——拉——屎——和——罗——宾——姐——姐——六——次——自——慰——的——视——频"

要一个字一个字地跟上熊猫的速度，三个女孩只能目不转睛地盯着它。

"罗——宾——爸——爸——跟——清——洁——女——工——说——的——话"

艾米和卡蒂亚出神地看着毛绒玩偶在通灵板上的舞蹈，耐心等待着下一次全新的羞辱。

"罗——宾——光——溜——溜——的——和——罗——宾——在——电——话——里——讲——艾——米——的——坏——话"

艾米和卡蒂亚对视了一眼，又看向了罗宾，她俩脸上的笑容已经消失了。

"罗——宾——假——装——是——艾——米——假——装——是——卡——蒂——亚——还——假——装——亲——吻——她——们"

熊猫还在继续写着，但艾米和卡蒂亚却不再

看了。她们站起身来，收拾起自己的东西，"砰"地一摔门，离开了。

熊猫还在通灵板上移动着，罗宾浑身颤抖着，试图搞明白怎么样才能关掉这见鬼的机器。这玩意儿没有开关，罗宾早就发现了这一点，此时，在绝望中，她找不到任何别的办法。罗宾抓起毛绒熊猫，试图用剪刀尖儿撬开它的底座。熊猫拼命转动着轮子，想要挣脱，但根本没用。罗宾没找到任何可以把它打开的缝隙，只好又把它放回到地面上。熊猫立刻回到了通灵板上。罗宾一脚把它踢开。它发出了尖叫，罗宾也叫了起来，因为她不知道这机器竟会尖叫。她举起通灵板，把它扔到了房间的另一头。之后，她用钥匙锁住房门，再回来拿着水桶去抓那熊猫，就像试图逮住一只大虫子一样。终于，她用水桶扣住了那玩意儿，而后，她一屁股坐到水桶上，用手紧紧地压住桶边，就这样待了好一会儿，每一次熊猫撞击塑料桶的时候，她都屏住呼吸，竭尽全力不让自己哭出来。

当罗宾的妈妈叫她去吃晚饭时，她大声说自己不舒服，要直接上床，不吃饭了。她把装笔记和课本的大木头箱子放到了水桶上面，好让那东西动弹不得。有人曾告诉过她，要是你没法毁掉这机器，那么，关掉它的唯一办法就是等着它没电。于是罗宾抱着枕头坐在床上等着。被囚禁在水桶里的毛绒玩偶尖叫了好几个小时，像一只大黄蜂一样撞来撞去，直到凌晨时分，房间里才终于沉寂下来。

屏幕上出现了一个方框，要求输入序列号，艾米莉亚叹了口气，一屁股坐在了她的柳条椅上。像这样的要求是最让艾米莉亚感到不知所措的。不过，好在她儿子不在，不会在她到处找眼镜、好再读一遍指示时默不作声地给她计时。此时，她正坐在走廊的书桌前，她在椅子上挺直身子，好缓解背部的疼痛。她做了一次深呼吸，输入了那张卡片上的数字，每个数字都再三确认过。她明知道儿子没时间干这种蠢事，可还是禁不住想象儿子正通过走廊上的某个隐藏摄像头监视她，在香港的办公室里为老妈的笨手笨脚而苦恼，要是她丈夫还活着，肯定也是这个样子。在把儿子最近寄给她的礼物卖掉之后，艾米莉亚付清了买公寓后迟迟未付的尾款。她并不是很懂手表和设

侦图机

计师款皮夹，也弄不清那些运动鞋是怎么回事，但生活阅历告诉她，任何被两种材质以上的玻璃纸*包裹着装在丝绒盒子里，还配有标签和认证书的东西，其价值都足够支付她退休后的债务，同时，这些东西也清清楚楚地说明，一个儿子能有多不了解自己的老妈。儿子十九岁的时候就离开了她，成了个大手大脚的浪荡子，有人带着他四处游荡，引诱他去挣些不干不净的钱。如今已经没人会把儿子还给艾米莉亚了，而她甚至不确定这事儿到底该怨谁。

屏幕又闪动起来了，"序列号输入正确"。她的电脑不是最新款的，但对她来说也够用了。第二条消息显示"与侦图机的连接已建立"，然后，又跳出了一个新程序。艾米莉亚皱起了眉头，要是这些提示让人根本摸不着头脑，那它们还有什么用？儿子寄来的这些设备让她烦透了。每次她都会问自己，到底为什么要费劲去搞懂那些她根本不会再用的设备呢？她看了眼时间。已经快六点了。儿子该打电话来问她觉得礼物怎么样了，所以她得最后再努把力，让自己集中精神。这时，

---

* Celofán，一种以棉浆、木浆等天然纤维为原料，用胶黏法制成的薄膜状制品。

屏幕上出现了一个控制面板，很像儿子被香港的那些家伙带走之前总在手机上玩的那款海战游戏。控制面板上方有一个提示，要求她进行"唤醒"操作。她点击了"唤醒"。一个视频立刻占据了屏幕上的大部分空间，而控制面板则缩小到一边，简化成了小按钮。在视频里，艾米莉亚看到了一套公寓的厨房。她心想，这是不是儿子住的公寓，但这厨房明显不是儿子的风格，他住的地方绝对不会这么杂乱无章，也不会堆这么多东西。桌子上放着杂志，杂志上叠着啤酒、茶杯和脏盘子。再过去一些，可以看到厨房连着一间小小的起居室，同样脏乱不堪。

传来一阵轻微的低语声，似乎有人在唱歌，艾米莉亚凑近屏幕想要寻找声音的来源。她的音箱已经很旧了，噪音很大。那声音又响了起来，艾米莉亚发现，那实际上是个女人的声音——有人正用另一种语言跟她说话，可她连一个词都听不懂。艾米莉亚倒是能听懂英语，要是别人慢慢跟她说的话，可这种语言听起来一点儿也不像英语。这时屏幕上出现了一个人，是个女孩，披着一头浅色的、湿漉漉的头发。女孩又说起话来，程序用对话框询问是否要开启翻译功能。艾米莉亚点开对话框，选择了"西班牙语"，等到女孩再跟她说话时，屏幕上就显示出一条字幕：

"你听得到我说话吗？你看得到我吗？"[*]

艾米莉亚笑了。通过屏幕，她能看出女孩又凑近了些。那女孩有着一双天蓝色的眼睛，鼻子上戴着个一点儿都不好看的鼻环，此时她显出一副专注的样子，似乎对正在发生的事情也是满心疑问。

"是的。"艾米莉亚说。

这句话就是她鼓起勇气说出的全部了。她想，这就像是在通过 Skype[†] 对话，接着她又暗问自己的儿子是不是认识这个姑娘，心下祈祷她可千万别是儿子的女朋友，因为在通常情况下，她跟那些穿着暴露的女人都相处不来，这并非偏见，而是出于她六十四年的人生经验。

"你好。"艾米莉亚说道，只是为了证实那姑娘听不到她说话。

姑娘打开一本巴掌大小的手册，把它举到离脸很近的地方读了一会儿。也许她平时都用眼镜，

---

[*] 此处用的是英语，原文使用斜体。
[†] Skype，一款即时通信软件，具备视频聊天、语音会议、传送文件、文字聊天等功能。

但对着摄像头却不好意思戴。艾米莉亚还没搞明白这件事，但她得承认自己已经开始有点好奇了。那姑娘读着手册，频频点着头，还时不时地从手册上方偷瞄她一眼。最终，姑娘似乎做出了一个决定，她放下手册，用艾米莉亚听不懂的语言说起话来。翻译软件在屏幕上显示：

"闭上眼睛。"

这条指令让艾米莉亚吃了一惊，在座位上挺直了身子。她闭上了双眼，数了十个数。当她睁开眼睛时，那个姑娘还在盯着她看，好像在等待某种反应。这时她看到自己的显示器屏幕上出现了一个新窗口，应声提供了"休眠"的选项。难道这个程序有识别语音命令的功能？艾米莉亚点击了"休眠"的选项，显示器立刻黑屏了。她听到那个姑娘在欢呼和鼓掌，然后又跟她说起话来。翻译软件显示：

"睁开眼睛！睁开眼睛！"

显示器又弹出一个新选项："唤醒。"等艾米莉亚点击了选项，视频就又重新出来了。那姑娘在对着摄像头微笑。可真够傻的，艾米莉亚这样想着，尽管她承认，这事儿也有它有意思的地方。有那么点让人兴奋的东西，只是她还没搞明白那到底是什么。她点了"前进"，镜头向那正在欢快地笑着的姑娘又推进了几厘米。艾米莉亚看到她慢慢地把食指伸了过来，非常缓慢，直到几乎碰到了屏幕，然后，她又说话了。

"我正在摸你的鼻子。"

翻译软件显示的是大大的黄色字体，艾米莉亚毫不费力就能看清楚。艾米莉亚点击了"后退"。那姑娘又重复了刚才的动作，明显怀着满心好奇。显而易见，这对她来说也是第一次，因此，她绝对不会因为艾米莉亚欠缺这方面知识就对她妄下评价。她们俩都感受到这种新体验带来的惊喜，这一点让艾米莉亚很满意。她再一次点击了"后退"，镜头拉远，姑娘鼓起掌来。

"等一下。"

艾米莉亚就等在那儿。姑娘离开了，艾米莉亚趁机点了"向左"。摄像头转动起来，这样，她就能更清楚地看到那间公寓有多小：一张沙发，还有一扇通向走廊的门。姑娘又开始说话了，她没在画面里，但翻译软件还是将她的话翻译成了西班牙语：

"这就是你。"

艾米莉亚将镜头转向姑娘原来待的地方，现

在她又出现在那里了。她正把一个盒子举到摄像头所在的高度，大概是四十厘米左右。盒子盖开着，上面写着"侦图机"。艾米莉亚好半天都没搞懂她所看到的一切。盒子正面几乎都是透明的玻璃纸，里面是空的，盒子侧面有一些说明图片，是一个粉黑相间的毛绒玩偶正面和背面的图像，那是一只粉黑相间的毛绒兔子，不过，与其说它像只兔子，不如说像个西瓜。它有着两只凸起的眼睛，头顶上还有两只长耳朵。一个骨头形状的夹子将两只耳朵夹在了一起，这样，耳朵根部的那几厘米就可以直立起来，而其余的部分则无精打采地耷拉在两边。

"你是一只漂亮的小兔子，"那个姑娘说道，"你喜欢小兔子吗？"

他们住的那间大屋子再过去，几米开外，便是树林和山地了，在阿丽娜看来，这里强烈的白色光线跟门多萨*那满眼的黄褐色一点都不一样。这样也不错。好几年前起她就想动动窝了，要么迁离某地，要么摆脱原来的皮囊，要么前往另一个世界，只要能让她有所改变，怎么都行。阿丽娜看了看"侦图机"——包装盒上就是这么写的，用户手册上也是这么称呼这东西的。此时，侦图机就在床边，在地板上的充电座里。电池的电量指示灯还是红色的，用户说明里说，第一次充电至少要充三小时，所以还得等一等。阿丽娜从大果盘里拿了一个橘子，一边剥橘子皮一边在客厅

---

* 门多萨（Mendoza），阿根廷西部的城市，也是门多萨省的省会，位于安第斯山脉以东的平原上。

里转悠，还时不时地从厨房的小窗子向外望，看看有没有人在那些工作室进出。斯温的工作室是第五间，阿丽娜还没下去看过工作室的样子。在这之前，阿丽娜从来没有陪斯温住过艺术家公寓，所以她现在处处谨小慎微，不去打搅斯温，也不涉足他的空间。她一定得让斯温不后悔邀请她来。

拿奖修金的人可是斯温啊，他漂泊各地，用他那些大幅的单色木刻作品来"让大众了解艺术"，"为灵魂点染色彩"，"成为有根基的艺术家"。阿丽娜则没什么计划，也没有任何能养活自己、护自己周全的本事。她不确定是否了解自己，也不知道到底为什么要来到这个世界。她现在是斯温的女人，是"大师的女人"，美景镇上的人们都这么称呼她。因此，一旦她生活中出现了什么新鲜玩意儿，比如这回发现的侦图机，哪怕它不同寻常，甚至显得完全不靠谱，她也要想法弄到手，起码要等她真正明白自己在做什么，她才会罢休。或者等她搞清楚，为什么自打来到美景镇，她看待一切都怀着诧异的心情，为什么她总在问自己，要怎么样去生活才能不受厌倦和嫉妒情绪的影响。

她已经在距离镇子一小时路程的奥阿克萨卡买了侦图机，当时她正在街边小摊和那些定制设计的店铺闲逛，那些店铺里满满登登摆的都是她根本买不起的物件，她逛得有些兴味索然。其实她也买得起——每当这么想的时候，阿丽娜都会赶紧纠正自己——这是她跟斯温说好的，她陪斯温去那些公寓住，由斯温来支付一切花销，可还没过多长时间，她就看到斯温查了好几次银行账户，还默默地叹着气。

在市场上，阿丽娜在卖水果、调料和化装服的摊位之间逛着，尽量不去看那些被绑住脚爪倒挂着的活鸡活鹅，它们无声地晃动着，已经在垂死挣扎中耗尽了力气。在这些摊位后面，阿丽娜看到了一家有着玻璃门窗的商店，店面洁白清净，在那么多街边小摊中间显得有些格格不入。自动门打开了，阿丽娜走了进去，门关上后，外面的噪音立刻就减小了一些。店里的空调发出轻微的嗡嗡声，店员们似乎都在接待其他顾客或忙着整理货品，这让阿丽娜心下窃喜，她可以自在地逛逛了。她摘下头巾，整了整头发，沿着摆放家用电器的货架向前走去，为自己能在这么多她并不需要的东西之间走动而感到轻松。她走过了卖咖啡壶和剃须刀的区域，又向前走了几米后，她停了下来。她就是在那里第一次看到那些侦图机的。

大概有十五到二十个，都装在盒子里，摞了起来。它们可不是单纯的玩偶，这是显而易见的。为了能让人们注意到它们，有好几款侦图机被当作样品从盒子里拿出来展示，但它们都被放在很高的地方，没人能够到。阿丽娜拿起其中一个盒子。这些盒子是白色的，和斯温的 iPhone 和 iPad 的包装盒一样拥有完美无缺的设计，但它比它们还要大。这东西要 279 美元，还真是一大笔钱。这些侦图机不漂亮，却带着那么一点儿说不清道不明的刻意之处。它们到底是些什么东西呢？阿丽娜将购物袋放到地上，打算俯下身来好好看看它们。包装盒上画着不同动物的形象，有鼹鼠、兔子、乌鸦、熊猫、龙，还有猫头鹰。但你找不出两个一模一样的侦图机，就算是相同的动物，颜色和材质也会有差异，甚至还有几款是特别设计版。阿丽娜又仔仔细细地查看了更多的盒子，在心里挑出了五个，然后她又在这五个中权衡了一番，选出了两个。现在必须得做决定了，可她还在一个劲儿问自己到底要选哪个。一个包装盒上写的是 "crow/krähe/ 乌鸦 /cuervo"，另一个盒子上写的是 "dragon/drache/ 龙 /dragón"。乌鸦的摄像头有夜视功能，但是不防水。龙是防水的，还有点火的功能，可她和斯温都不抽烟。阿丽娜喜欢龙，因为龙的做工看起来不像乌鸦那么粗糙，但她觉得乌鸦跟自己更像。可她也不能肯定自己该不该凭借这种理由买下乌鸦。想起买这玩意儿得花上 279 美元，阿丽娜向后退了几步。可是她手里依然拿着那个盒子。于是，她想，无论如何都要把这东西买下来，就因为她乐意，反正她可以刷斯温的银行卡，她仿佛已经听到斯温在查账户时发出的叹息声了。阿丽娜把乌鸦拿到收银台，体会着这个决定给她带来的兴奋。她断定，这次购买会改变一些东西，尽管她也不知道会改变些什么，也不知道她这么做是不是对的。接待她的店员还是个半大小子，看到她拿着侦图机走过来，便热情地招呼她。

"我哥哥就有一个，"他说，"我也在攒钱，好给自己也买一个，它们真是酷毙了。"

他用了"酷毙了"这个词。阿丽娜第一次犹豫起来，倒不是在犹豫要不要买，而是在犹豫该不该选择乌鸦，直到那个店员微笑着接过她手里的盒子，"哔"一声扫描了条形码。没法再反悔了。他还给了她一张下次购买时可以用的优惠券，并且祝她日安。

回到美景镇后，一进屋子，阿丽娜就脱掉凉鞋，躺在床上，把两只脚搁在斯温的枕头上。侦图机的盒子就在她旁边，还没有打开，阿丽娜思忖着要是打开盒子还能不能退货。过了一会儿，等精力恢复了一些，她坐了起来，把盒子放到腿上。她撕掉防伪标签，打开了包装盒。一种混合着科技、塑料和棉制品味道的气息扑面而来。这其中还真有些令人兴奋不已的东西——展开全新的、被精心折叠得整整齐齐的电线，撕下贴在两种不同类型的适配器上的玻璃纸，抚摸充电器那光滑的塑料表面——光是这消遣般的过程就已经让人觉得奇妙无比了。

阿丽娜把这些都放在一边，取出了侦图机。这是一个相当难看的毛绒玩偶，它是灰黑色的，简直就像一个毛茸茸的、线条生硬的大蛋。在它腹部的位置上有一个黄色的塑料部件，好似一个凸出来的领结，这就是乌鸦嘴。刚开始阿丽娜还以为乌鸦的眼睛是黑色的，仔细看过后她才发现，它的眼睛是闭着的。这东西还有三个橡胶轮子，都藏在它的身体下——一个在前，两个在后。它小小的翅膀紧贴在身体上，看起来它们与身子似乎不是一体的，可能会动，没准儿还能扇两下呢。

阿丽娜将乌鸦玩偶放到充电座上，等着指示灯亮起来。指示灯闪烁了一会儿，仿佛在寻找什么信号，之后便熄灭了。阿丽娜心想，是不是得先连上无线网络，但看过使用手册后，她再次确认了自己之前在包装盒上读到的内容，侦图机会自动连接 4G 或 LTE 网络，用户唯一要做的事情就是将它放到充电座上。购买侦图机还赠送一整年的免费移动流量，购买后不需要安装或配置任何东西。阿丽娜又坐在床上看了一会儿说明书，终于找到了她想查的东西：侦图机的"机主"在第一次为设备充电时，应该具备"作为主人的耐心"：要等着侦图机与中央服务器连接，再等着中央服务器与位于世界上另外某个地方、愿意成为侦图机操控者（"机控"）的另一名用户连接。根据网速的快慢，需要等上十五到三十分钟，好让两个端口安装的软件协调兼容。在此之前，不能断开侦图机的连接。带着些许失望的情绪，阿丽娜又查看了一遍盒子里装的东西。让她觉得奇怪的是，除了充电器和说明书，盒子里没有任何操控侦图机的设备。她明白侦图机是自行运作的——由另一名侦图机用户来操控——可是，她甚至无法启动和关闭侦图机吗？阿丽娜又翻阅了说明书的目录，想知道系统在选择操控她的侦图机的那名用户的时候有没有什么标准，有没有什么特征是她可以根据个人喜好设置的，但尽管她查了好几遍说明书的目录，还大致看了几页里面的内容，都没有找到任何相关的内容。她合上说明书，心下有些惴惴，便准备去给自己倒一点冷饮。

她打算给斯温发条短信，或者干脆鼓起勇气去一趟工作室。几天前工作室来了个女助手，协助斯温完成版画拓印，阿丽娜觉得有必要去看看事情到底进展得怎么样了。斯温的作品都是巨幅版画，一个人掀起那些拓湿的纸张实在是太沉了，斯温总是抱怨，"线条轮廓都不清晰了"，最后他的艺术品经纪人终于想出了给他找个女助手的绝妙主意。阿丽娜迟早得去趟工作室，看看他们都在捣鼓些什么。她从床上看了一眼充电器的面板：指示灯变成了绿色，不再闪烁了。她走到侦图机旁边坐下，手里拿着说明书，又读了读，还时不时地瞟一眼那毛绒玩偶，来求证或记忆一些细节。阿丽娜希望这机器采用的是最新一代的日本技术，这样它就会更接近她从小就在周刊杂志上看到的那些家用机器人，但最后她断定这东西并没有什么新奇之处——侦图机只不过是毛绒玩偶和电话的结合体，有一个摄像头、一个扬声器和根据使用情况续航能力在一到两天的电池。这概念其实很老套，使用的技术也很陈旧。可不管怎么样，这种结合还是很巧妙的。阿丽娜觉得用不了多久，就会出现一大拨这样的小动物玩偶，而她，也终于能当一回首批用户，宽容地忍受那些热情的新粉丝对这种产品的追捧。她要学会搞个简单的恶作剧，等斯温一回来就吓他一跳，至于要开什么样的玩笑，她会琢磨出来的。

等到编号 K0005973 的连接终于建立起来，侦图机便向床的方向移动了几厘米，阿丽娜一下子跳了起来，站到了地上。侦图机的动作是在意料之中的，尽管如此，阿丽娜还是吃了一惊。侦图机从充电座上下来，向前行进至房间中央，停了下来。阿丽娜走上前，但仍与它保持着一定的距离。她围着侦图机转了一圈，但是那玩偶却没有再动弹。这时，阿丽娜发现它的眼睛睁开了。摄像头启动了，阿丽娜心想。她摸了摸自己的牛仔裤，她在房间里居然没有只穿着内衣，这可真是个奇迹。她想在自己还没决定做什么之前先把侦图机关上，但却发现自己根本不知道怎么关。在侦图机的身体和底座上都没有任何开关。阿丽娜把侦图机放回地上，怔怔地盯着它看了一会儿。侦图机也在看着她。她真的要跟这玩意儿说话吗？就这样，在房间里单独跟它说话？她清了清嗓子，走上前，在侦图机跟前蹲了下来。

"你好。"阿丽娜说。

几秒钟过去了，侦图机朝前一直走到了她身边。真是太傻了，阿丽娜想，但她心底却涌起强烈的好奇。

"你是谁呀？"阿丽娜问道。

她需要知道派给她的"机控"是哪种人。哪种人会选择"成为"侦图机而不是"拥有"侦图机？她想，那人可能是个深感孤独的人，就像她身处拉丁美洲另一端的母亲一样，也有可能是个又老又色、有厌女症的直男，或者是个道德败坏的渣男，还有可能是个根本就不会讲西班牙语的人。

"你在吗？"阿丽娜问道。

侦图机不像能说话的样子。阿丽娜便又在它跟前坐了下来，伸出手拿过说明书，在"初始步骤"那一节里查找关于如何开始进行交流的建议。也许可以提一些可以用"是"或"否"作答的问题，也许会让她设定一些基本的指令，比如侦图机向左转是在回答"是"，向右转就是回答"否"。那个侦图机的"机控"是不是也有一本跟她这本一模一样的说明书？可阿丽娜在说明书里只找到了一些技术问题答疑，以及在设备维护保养方面的建议。

"如果你正在听我说话，就向前走一步。"阿丽娜说。

侦图机前进了几厘米，阿丽娜微微一笑。

"如果你想说'不'，就向后退一步。"

侦图机没有动。这可真有意思。阿丽娜突然清楚地意识到了自己想问什么。她要知道这人是男的还是女的，多大年龄，家住何方，干什么的，喜欢什么。她得好好琢磨，迅速判断出她的"机控"到底是个什么样的家伙。侦图机就在那里，看着她，也许正跃跃欲试，想作出回答，恰如她正满怀热望地想提出问题一样。这时，她想到她的乌鸦可以堂而皇之地侵犯她的隐私，可以看到她的身体发肤，知晓她的声音语气，清楚她的衣着穿戴，了解她的日常作息，它可以自由自在地在房间里到处转悠，到了晚上它还可以认识斯温。而她能做的却只有提问题。侦图机可以不回答，也可以对她说谎。它可以对她说自己是个菲律宾的女学生，或是个伊朗的石油工人。要是遇上极其少见的巧合，它甚至有可能是她认识的人，但永远都不会向她坦白。而她得完完整整、毫无遮掩地向对方袒露自己的生活，随时随地供人赏看，恰如她少女时代养的那只可怜的金丝雀，最后，它就那么死在了挂在房间中央的笼子里，死时还定定地看着她。侦图机发出一声尖叫，阿丽娜皱着眉头看着它。那是一种刺耳的金属音，就像小鹰雏在空罐头盒里发出的叫声。

"等一下，"阿丽娜说，"我需要想一想。"

她站起身，走到朝向工作室的窗户前，探出头看了看斯温工作室的屋顶。也许是等得不耐烦了，侦图机又叫了起来。阿丽娜先是听到它在移动，继而看到它正在向她靠近，因为木地板不平，它还时不时地晃动几下。它在阿丽娜附近停了下来。他们就那样对视着。直到工作室那边传来的声音吸引了阿丽娜的注意力，她又回到窗子那儿。她向外看去，看到斯温的女助手正从工作室出来。那姑娘笑意盈盈地面向工作室，像是在和里面的什么人做手势，而里面的那个人则在和她说笑，边说边向她挥手告别，她离开时还不停地回头看那个人。阿丽娜感到双脚被轻轻地碰了几下。侦图机紧挨着她，头部正使劲地向上仰起，好能看到她。阿丽娜弯腰把它拿起来。这东西还挺沉，阿丽娜觉得，现在它比把它从盒子里拿出来的时候要更沉一些。她在想，要是此刻撒开手会发生些什么呢。一摔之下，与那个"机控"的连接会不会中断，这毛绒玩偶会不会再也无法联网了，或者，它已有应对某些意外事故的准备。乌鸦的眼睛眨巴着，但它并没有将视线从阿丽娜身上移开，一言不发的时候，它反而显得格外温柔。侦图机的制造者真是英明，阿丽娜这样想着。一位"主人"才不想知道自己的宠物要发表什么意见呢。她立刻明白，这不过是个圈套。与另一位用户建立连接，去探查对方是谁，这其实只会暴露你的诸多信息。假以时日，那位"机控"对她的了解肯定会超过她对"机控"的了解，这是事实，但她才是侦图机的"主人"，她才不会允许那个毛绒玩偶成为宠物之外的任何东西。总而言之，她所需要的就是一只宠物。她不会向侦图机提任何问题，而没有了她的问题，侦图机就只能通过她的行动来了解她，没有了她的问题，它也就无法和她进行交流。这是一种必须执行的残忍。

阿丽娜把乌鸦放到地上，让它再一次朝向房

间，然后轻轻把它往前一推，侦图机明白了：它避开桌子和椅子的腿儿，从柜子下面钻过去，慢慢地走向自己的充电座。

坐在父亲书桌前的椅子上，马尔文够不到地面的两只脚来回荡着。在等待的过程中，他在课堂笔记的边角空白处画着蜗牛，隔一会儿就看一眼平板电脑上已经显示了十多分钟的"正在建立连接"的提示，在那下面还有一条提示信息，"这一过程有可能延迟"。那条信息是给那些从未启动过侦图机的人看的。而马尔文已经亲眼见证过他的两位朋友是怎样建立起那令人兴奋的连接的。他很清楚所有的步骤。

　　一个星期前，当爸爸发现了马尔文真正的考试分数后，便逼着他承诺每天在书房里待上三个小时，埋头在书本堆里学习。马尔文说的是"我在上帝面前起誓，每天都在书本中间、在书桌前待三个小时"，但关于"学习"他可只字未提，所以他并没有违背任何誓言，就算他爸爸又有时间来关注儿子的新动向，但要他发现儿子在平板电脑上装了一个侦图机程序，怎么也得是好几个月以后的事儿了。购买这个应用程序，马尔文花的是他妈妈账户里的钱。那是个数字账户，哪怕人死了，账户里的钱也一样可以使用。那个账户马尔文以前也用过几次，他甚至开始怀疑爸爸根本就不知道这么个账户的存在。

终于，序列号通过了验证。马尔文从椅子上腾跃起来，俯身凑向屏幕。他不知道怎么在平板电脑上运行一台侦图机。他那两个朋友都是用VR*设备来操控分别位于特立尼达和迪拜的侦图机的，马尔文学会的是使用 VR 设备来操作，因此有些担心用他那款旧平板电脑上操作起来会不一样。屏幕上，侦图机的摄像头已经被启动了，显示出一片空白。"龙，龙，龙。"马尔文交叉手指小声嘀咕着。他希望自己是条龙，虽然他也知道不管轮到什么样的侦图机他都应该接受。他的朋友们也曾希望成为龙，可上帝比他们更清楚他们

---

* 虚拟现实技术，又称灵境技术，是 20 世纪发展起来的一项全新的实用技术。虚拟现实技术囊括计算机、电子信息、仿真技术，其基本实现方式是计算机模拟虚拟环境从而给人以沉浸感。

每个人真正需要的是什么：那个成了兔子的朋友整天都在一个女人的房间里蹓跶，到了晚上，那女人还让他看自己洗澡。那个成了鼹鼠的朋友则每个星期都要在一间能望见波斯湾松绿色海岸的公寓里过上十二个小时。

在他的平板电脑上，屏幕仍是一片空白，过了好一会儿马尔文才明白问题出在哪儿，原来是侦图机的摄像头正好对着一面墙壁：他什么也看不到是因为摄像头离墙壁太近，无法聚焦。他向后移动了一下。平板电脑上的应用程序跟 VR 设备上的几乎一样好用，尽管如此，他还是很难判断出侦图机身在何处。他让侦图机转动起来，终于看到了：那是四台家用吸尘器，一台挨着一台，排成一列，差不多都跟他的侦图机一样高。那些吸尘器光鲜亮丽，现代感十足，他妈妈要是还在的话估计会很喜欢。转向另一边后马尔文才明白：这个空间的第四面墙是一面朝向大街的玻璃，原来他的侦图机正待在一个橱窗里。此时正是夜晚时分，外面有个穿着帽衫的人经过，由于那人裹得太严实，马尔文根本猜不出他的年龄，也看不出他是男是女。就在这时他看到了……雪。那里在下雪！马尔文的双脚在书桌下晃荡了起来。甭管他那两个朋友能得到什么，都没法拥有雪。他们这辈子都没有碰过雪，而此时此刻他却看到了雪，还看得一清二楚。"总有一天我要带你去看雪"——在马尔文还不知道什么是雪的时候，妈妈就总这么向他许诺——"等你碰到雪，你的手指尖都会疼的"。然后，妈妈还会作势要胳肢他。

马尔文寻找着离开橱窗的出路。他在那些吸尘器周围转悠着，把四周的角落都检查了一遍。大街上，一位女士停下来看了他一会儿。马尔文试图冲她挤挤眼睛，却发出了一种轻柔而忧伤的声响，那声音是如此低沉，不太像是龙的嘶吼，倒像是变压器烧焦的声音。他到底是什么动物？那位女士又继续向前走了。马尔文试图推开一台吸尘器，可吸尘器都太重了，他几乎没法让它们移动分毫。他走到玻璃橱窗边，在那儿待了一会儿，想方设法寻找自己的倒影，但却因为没有合适的光线而作罢了，于是他就待在那儿，看着雪花是怎么落下的，还没等它们落到地上，就变成了水滴。还要再下多久，雪才能堆积起来，让一切都变成白茫茫的一片呢？

马尔文在他的平板电脑上练习了几次如何快速地从侦图机的控制面板切换到维基百科的页面，

以防他爸爸进到房间里来。然后，他就望向了墙上妈妈的照片，照片就挂在马尔文爸爸那个木制的旧十字架和一张小小的悲悯圣母像中间。也许上帝在等待合适的时机来向他揭示他分到的是哪种动物。他又俯身凑向屏幕。侦图机的前额已经贴到了橱窗的玻璃上，他就那样注视着空荡荡的街道。我一定会找到办法从这里出去的，马尔文想。至少在他的另一重生活里，他是绝不会接受自己再被禁闭起来的。

"您别再这么看着我了，"恩佐说，"您别老像条狗似的满屋子跟着我了。"

　　有人曾经跟他解释过，侦图机其实是个人，所以恩佐一直都用"您"来称呼侦图机。要是侦图机从他的两腿之间走过，他就会表示反对，但也只是像开玩笑一般，他和侦图机已经开始相处甚欢了。可他们之间并非一直如此，最开始他们很难适应，对恩佐而言，仅仅是看到侦图机出现在眼前就足以让他不舒服了。这个东西真的很讨厌，孩子从来都不理它，在家里走路时还得时刻注意绕开这个毛绒玩偶。恩佐的前妻和他儿子的心理医生已经在一份《调解申请书》中详详细细地向他解释过，为什么这个东西对他儿子有好处。"这是让卢卡能变得合群的又一个步骤。"他前妻这样说。恩佐提出的收养一只狗的建议让前妻和心理医生都觉得不可思议：卢卡在妈妈家已经有一只猫了，在爸爸家，他需要的是一台侦图机。"难道我们还得再跟您解释一遍？"心理医生这样问他。

厨房里，恩佐收拾起在温室用的工具，向房子后面的花园走去。已经下午四点钟了，温贝尔蒂德*的天空一片灰暗，过不了多久就要下雨了。他听到那只鼹鼠侦图机正在屋里撞着门。估计它很快就又要追上他了。

恩佐已经习惯它的陪伴了。他会跟鼹鼠评说新闻，如果他要坐下工作一会儿，就会把鼹鼠拿到桌子上，让它在他的东西间转悠。这种关系让恩佐回想起父亲跟他的狗之间的关系，有时候，他会用只有自己能听见的声音模仿父亲说过的话，学他洗完盘子或扫完地后抓住自己腰带的样子，仿照他提出抗议时面带微笑、不失亲热的方式，如同消遣般地一遍遍重复着："您别再这么看我了！您别老像条狗似的满屋子跟着我了！"

但这台侦图机和恩佐儿子的关系却一直不怎

---

* 温贝尔蒂德（Umbertide），意大利佩鲁贾省的一个市镇。

么样。卢卡总说他讨厌这鼹鼠跟着他，讨厌这东西钻进他房间"乱翻他的东西"，还整天像个傻子似的盯着他看。他还去研究过，要是能把侦图机的电池耗尽，"机控"和"机主"的联系就会中断，这玩意儿就再也没法使用了。"你想都别想，"恩佐威胁他说，"你妈会把咱俩都杀了的。"要设法把侦图机的电池耗尽，仅仅是动动这个念头就能让卢卡兴奋得满脸放光。他总是热衷于把鼹鼠关进卫生间，或给它设置陷阱，让它没法走到自己的充电座上。恩佐已经习惯了半夜被吵醒，看到红色指示灯在靠近地面的地方不停地闪烁，看到侦图机一下下地撞着床腿，求人帮它找到自己的充电座。鼹鼠总是想方设法地找恩佐求助。而恩佐如果不想再接受一次调解的话，就得让这鼹鼠"活"下去，因为尽管卢卡的监护权是他和前妻两人共有的，但前妻已经赢得了心理医生的全部同情，因此在这烦人的侦图机身上最好不要发生任何不幸。

恩佐翻动着泥土，往里面加肥料。这温室曾经属于他的前妻，也是他们在离婚前争夺的最后一件东西。有时候恩佐会想起这事儿，一想到这温室最终留在了他手里，他就觉得很搞笑。以前他从来没有注意到这些泥土所能带来的愉悦。如今他很喜欢感受泥土的潮湿和芬芳，有这么一个小小的世界用充满生命力的、毫无保留的静默来遵循他做出的决定，这样的想法也让他倍觉享受。侍弄土地让他轻松，也能让他吹吹风、透透气。为此他买了各种各样的东西：喷灌器、杀虫剂、湿度计，中号和小号的铲子和耙子。

恩佐听到纱窗门吱吱扭扭地打开又关上的声音。纱窗门只要一推就能打开，鼹鼠似乎很喜欢靠自己来完成这件事。打开门它就会马上躲到一边，免得门弹回来的时候撞到它。但有时它无法及时躲开，门弹回来时力量很大，会把它撞倒在一边。这时，它便会发出柔弱的咕哝声来抗议，直到恩佐过来帮它。

这一次鼹鼠站稳了，没被撞倒。恩佐等着它走过来。

"您这是干什么呀？"恩佐说，"等哪天我不在了，就没人会去扶您了。"

侦图机一直向前走，直到碰到了恩佐的鞋子，然后，它又向后退了几厘米。

"怎么了？"

侦图机看着他。它的右眼里有一点泥土，恩

佐俯下身去帮它吹掉了。

"罗勒长得怎么样了？"恩佐问道。

侦图机转了个身，迅速离开了。恩佐边继续往土里施肥，边注意听着侦图机的小马达加速离开温室的声音，他还能听到它的轮子碰到院子地砖的缝隙时弹跳起来的声音。它去看一趟罗勒得花上几分钟，恩佐想。于是他便走到洗手池那儿去拿剪刀，等他回来时，侦图机已经在那里等着他了。

"罗勒缺不缺水啊？"

侦图机既没有动也没有发出声音。这是恩佐曾经教过它的，是他们约定的沟通方式：没有任何表示就等于"不"，咕哝一声就等于"是"。侦图机还自己发明了一个很简短的动作，可恩佐到头来也没搞明白。他觉得那动作意思含混而多变，有时可以表示"请跟我来"，有时又可以表示"我不知道"。

"那些辣椒呢？周四长出来的那些辣椒苗都活了吗？"

侦图机又离开了。这台侦图机的"机控"是个老人吧。或者是个喜欢别人说他是个老人的家伙。恩佐知道这一点，因为他总向侦图机提问题，就像做游戏一样，这让鼹鼠很喜欢。他时不时地就得问上几个问题，这跟给狗狗洗澡、给猫咪换猫砂是一个道理。恩佐斜靠在温室前的躺椅上喝啤酒的时候，就会跟侦图机一起玩提问题的游戏。恩佐根本不用花什么心思，就能想出那些问题，有时，提了问题后，他也毫不在意侦图机是如何回答的。在一口又一口啜着啤酒的间歇，恩佐会闭上眼睛，任自己沉入梦乡，这时，侦图机就不得不碰碰椅子腿儿，好让恩佐继续提问。

"好啦，好啦……我在想着呢，"恩佐常这样说，"咱们来瞧瞧，鼹鼠是干什么工作的？是厨子吗？"鼹鼠一动不动，很明显，这是在表示"不"。"是收大豆的？是剑术教练？还是，您开了一家火花塞厂？"

其实，恩佐从来都不清楚侦图机的回答是什么，也不确定它的回答到底是不是实情，还是只是接近了真相。但日子久了，恩佐已经试探出，不管这台在他家四处溜达的侦图机躯壳下到底藏的是什么人，这家伙肯定去过不少地方，只不过恩佐列举出来的那些地方他／她都没去过而已。虽然恩佐还不清楚这家伙到底多大岁数，但他知道，他／她肯定是个成年人。有时候他／她既不像法国人也不像德国人，但有时候却既像法国人又像德国人，由此恩佐觉得他／她很可能是个阿尔萨斯*人。恩佐就是喜欢看侦图机在那儿转着圈，绝望地等自己说出那个呼之欲出的选项，可恩佐却小心翼翼地，偏不说出"阿尔萨斯"这个词。

"您喜欢温贝尔蒂德吗？"他问侦图机，"您喜欢这个意大利小镇吗？喜欢这儿的阳光、花裙子，还有我们这儿女人的大屁股吗？"

这时侦图机会在躺椅周围跑起来，用最大的音量发出咕哝声。

有些日子的下午，恩佐会用车载着侦图机一起出去，把它面朝后放在后挡风玻璃那里，一路开往卢卡上网球课的地方或他购物的超市，然后再回家。

"快看，多漂亮的女人啊，"恩佐会对侦图机说，"从没见过这样女人的鼹鼠会是什么地方的人呢？"

而鼹鼠则一次又一次地发出咕哝声，也许是出于气恼，也许是出于幸福。

---

* 阿尔萨斯（Alsace），法国东北部地区名及旧省名。17世纪以前属于神圣罗马帝国，以说德语的居民为主，后成为哈布斯堡家族统治的领地，三十年战争后割让给法国，普法战争后割让给普鲁士，"一战"结束后属法国领土，"二战"初期重归纳粹德国，至"二战"结束后再次被法国夺回。

好几年前，艾米莉亚的儿子也给她送过电脑，也是从香港寄来的，用玻璃纸包着。同以往那些礼物一样，这件礼物给艾米莉亚带来的苦恼要多于快乐，至少在刚开始的时候是这样。如今电脑的白色塑料边框已经掉色了，她跟电脑也终于可以算是适应对方了。艾米莉亚打开电脑，戴上眼镜，侦图机的控制面板自动打开了。屏幕上显示的画面是倾斜的，侦图机似乎倒在了地上。艾米莉亚立刻认出，这里是那个穿低领衫的姑娘的公寓。摄像头几乎贴到了地面上。直到侦图机被立了起来，艾米莉亚看到它刚才所在的地方，才明白之前它被放在了一个狗窝里。那个狗窝是紫红色、灯芯绒的，上面还有白色的斑点。那个姑娘说起话来，翻译软件立刻在屏幕上显示出了黄色的字幕。

"早上好。"

姑娘的胸部乖乖地被包裹在天蓝色的背心里，鼻子上还是戴着鼻环。艾米莉亚已经问过儿子，他跟那个姑娘之间是不是有什么关系，儿子也已经告诉艾米莉亚，自己跟那姑娘什么关系都没有，还又给她解释了一遍侦图机是怎么运作的，并且问她都看见了些什么，她操控的侦图机在哪个城市，那儿的人们对她怎么样。但她并不认为他是真的好奇，总的来说，她儿子对母亲的生活完全不感兴趣。

"你确定你是只兔子？"她儿子又问她。

艾米莉亚记得曾听到"漂亮的小兔子"之类的话，记得那姑娘曾把包装盒给她看，现在，既然已经有人劳神向她解释过了，她终于明白，自己正在操控的原来是个有着动物造型的毛绒玩偶。会是中国的生肖动物吗？那么成为一只兔子而非其他动物，比如一条蛇，又意味着什么呢？

"我喜欢你的气味。"

姑娘几乎将鼻子贴到了摄像头上，艾米莉亚的电脑屏幕黑了一秒钟。

她会是什么气味呢？

"咱们要在一起做很多事情。你知道我今天在街上看到什么了吗？"

她聊起在超市前发生的事情。尽管听起来有点傻，艾米莉亚还是想尽量弄明白她在说什么，她紧紧盯着屏幕上出现的黄色文字，但翻译软件的速度实在太快了。她在电影院也会有同样的遭遇：如果句子很长，还没等她读完，那个句子就消失了。

"真是个晴朗的好日子啊，"姑娘说，"你看！"

她把侦图机举过头顶，举到窗边，有那么一会儿，艾米莉亚得以从高处俯瞰这座城市：宽阔的街道，几座教堂的穹顶，运河的河道，傍晚时分强烈的红色日光将一切笼罩其中。艾米莉亚的双眼睁得大大的。她感到十分意外，姑娘的这个举动是她没料到的，城市的样子也让她震惊不已。如果不算她参加妹妹的婚礼而前往圣多明哥*的那次旅行，她一辈子都没离开过秘鲁。她窥见的到底是哪座城市呢？她还想再看看它，想让姑娘再把她举高一次。她让侦图机的轮子转过来又转过去，还以最快的速度转了好几次头。

---

* 圣多明哥（Santo Domingo），厄瓜多尔城市。

"你可以叫我埃娃。"那个姑娘说。

她把侦图机放回地上，走向了厨房。她打开冰箱和几个抽屉，开始准备吃的。

"希望你喜欢我给你买的大垫子，我的小胖妞。"

艾米莉亚让侦图机盯着姑娘看一会儿，她要仔细研究一下控制面板。但愿她能再把我举起来！艾米莉亚想着，再把我举起来一次吧！可她并不知道怎么样才能与姑娘交流。难道，作为一只兔子，她就只配洗耳恭听吗？到底要做些什么才能让这些小动物们说话呢？她觉得此时此刻有一堆问题要问。如果不能问那个姑娘，那她就只能再给香港的儿子打电话了。除了给老妈寄那些东西，也是时候让这孩子变得更有责任感了。

又过了几天，艾米莉亚终于发现，她操控的侦图机是在埃尔福特*，或者说，她的侦图机的活动地点很有可能是在一个名叫埃尔福特的小城市。那姑娘的冰箱上贴着一张埃尔福特的年历，还有那些她拿回公寓、天天扔在地上的口袋，上面也

---

* 埃尔福特（Erfurt），德国中部城市。

印着"阿尔迪*—埃尔福特""埃尔福特咱家药房"†
这样的字。艾米莉亚已经用谷歌查过了：埃尔福
特仅有的旅游景点是一座建于 13 世纪的中世纪桥
梁和马丁·路德待过的修道院。这座城市位于德
国中部，离慕尼黑有 400 公里，而慕尼黑可能是
艾米莉亚迄今唯一想要了解的德国城市。

　　已经差不多有一星期了，艾米莉亚每天都让
侦图机在埃娃的公寓里溜达大约两个小时。她已
经把侦图机的事儿告诉了每周四游完泳后一起喝
咖啡的两个朋友。格洛丽亚问艾米莉亚被称为"侦
图机"的到底是个什么东西，等搞明白了，她便
决定也要为家里买一台，好在她下午照看孙子的
时候用。伊内丝却被吓坏了，发誓说要是格洛丽
亚买了这玩意儿，就再也不踏进她家一步。伊内
丝想知道的，也是她用食指敲着桌子问了好多次
的，是政府有没有执行什么相关的法律法规。这
东西实在有违常理，让它在家里溜达无异于把自
家钥匙交给一个陌生人。

---

* 　阿尔迪（ALDI），德国著名连锁超市品牌，名称由创始人姓氏
　　"阿尔布莱希特"（Albrecht）和"折扣"（Discount）两个词首
　　音节组合而成，超市因所售商品物美价廉而广受平民消费者的
　　欢迎。
† 　此处两个引号内均为德语。

"再说，我搞不明白……"伊内丝最后说，"与其在别人家里低三下四地待着，你干吗不给自己找个男朋友？"

伊内丝说起话来就是这么不着调，有时候这让艾米莉亚很难原谅她。有好一会儿，艾米莉亚都在反复琢磨这场口角，甚至在回到家后，在漂洗游泳用的毛巾和把它晾晒起来的时候，她都还在想伊内丝的那句话。最后她断定，要是没有格洛丽亚，她跟伊内丝的友谊连一天都维持不下去。

艾米莉亚已经建立起一套度周末的新模式。洗完盘子后，她会准备一点茶，然后准时唤醒埃娃公寓里的侦图机。艾米莉亚觉得埃娃已经开始习惯侦图机的作息时间，虽然启动得有些晚，但却很规律。在德国时间的晚上六点到九点，艾米莉亚操控的侦图机会在埃娃的脚边转来转去，对一切风吹草动都格外上心。实际上，周六艾米莉亚唤醒侦图机的时候埃娃不在，她发现在一条椅子腿上，在距离地面几厘米高的地方贴着一张纸，她不得不用手机一个字一个字地翻译，好明白上面到底写了些什么，最后，她很高兴地确认这纸条就是留给她的：

"我的宝贝儿：我……现在……到超市……去。

不会……耽搁太久，我……三十……分钟……回来，……很轻松。关心你的……你的埃娃。"

艾米莉亚真想把那张写满纤细斜体字的纸条拿到手，好把它贴到自己的冰箱上，虽然写的是德语，用的又是醒目的紫红色墨水，但那是一份认认真真写下来的东西，就像是一个远亲或朋友会从国外寄过来的东西。

埃娃给艾米莉亚的侦图机买了一件狗狗用的玩具，但是，由于艾米莉亚根本不玩它，埃娃就经常在侦图机附近放上各种各样的物件，看是不是有哪个能吸引她。艾米莉亚有时会推一推一个绒线球，或者一只皮制的小老鼠，不过她到头来也没猜出它到底是干什么用的。她很感激埃娃这番好意，但她真正感兴趣的还是看埃娃公寓里的各种物品。当埃娃把买回来的东西往食品柜里放，打开走廊的小橱柜或床前的衣柜时，艾米莉亚就会凑过去看。当埃娃准备出门时，艾米莉亚就去看她那几十双鞋子。如果有什么东西引起了她的注意，她会围着埃娃转悠并发出咕哝声，这时，埃娃就会把那件东西在地板上放一会儿。有一次埃娃给她看过足部按摩器。跟在利马能买到的货色完全不一样。其实，她儿子本可以给她寄这么一个足部按摩器，这会让她倍感幸福的，但他却一直给她寄香水和运动鞋，这难免让人觉得沮丧。为了让埃娃把她举起来或从窝里拿出来，艾米莉亚还会发出咕哝声。一天下午，艾米莉亚到利马的一家超市去买燕麦椰子饼干，当她发现货架空了，居然默默地在心里发出一串咕哝声。这让她立刻觉得羞愧难当，心想自己怎么会在任何地方都当起小兔子来。就在这时，一个女邻居经过超市的通道，看到那位邻居垂垂老矣、气色灰暗、一瘸一拐，低声絮叨着自己的不幸，艾米莉亚立刻拾回了一些尊严，她心想，我可能有点疯，但至少我跟得上时代。她拥有双重生活，这可比平庸度日、在坏疽病的折磨下踽踽而行要强得多了。说到底，她在埃尔福特做些荒唐事又有什么要紧的？反正也没别人在看她，而她从埃娃那儿得到的关爱才更值得珍惜。

埃娃通常在七点半左右吃晚饭，一边吃一边看新闻。她会把盘子端到沙发那儿，打开一罐啤酒，把侦图机拿到沙发上，让它在自己身边待一会儿。在那些靠垫中间，艾米莉亚根本没办法移动，但她可以转动脑袋，透过窗子看到天空，或者更近距离地观察埃娃：看她穿的衣服的面料，看她化的妆，看她那些镯子和戒指，甚至还能看看欧洲新闻。她什么也听不懂——翻译软件只负责识别埃娃的声音——但只是看看电视上的图像也几乎足以让人对正在发生的事件有个概念了，更何况在秘鲁，根本没什么人会关注德国的消息。在超市里或者在跟朋友们说起德国新闻的时候，艾米莉亚立刻就发现她掌握着独家信息，很少有人能够详细了解欧洲的时事。

上午过半，大概九点差一刻的时候，埃娃穿好衣服离开家，留下艾米莉亚独自一人。关灯之前，她会把艾米莉亚放到那个窝里。艾米莉亚知道，一旦被放到那儿，她就很难再行动了，所以有时她会在埃娃来之前逃开，跑来跑去，还钻到桌子下面。

"来啊，小胖妞，我都要迟到了！"埃娃总这么说，虽然有一次她终于生气了，但通常她都会笑着来抓艾米莉亚.

艾米莉亚把这些都告诉了儿子，儿子警觉起来。

"这么说你整天都跟在那姑娘后面，等她走了，你就待在那个给狗预备的垫子上？"

艾米莉亚正在超市买东西，儿子说话的语气把她吓了一跳。她推着购物车，有些担忧地停了下来，将手机放到耳朵边上。

"我做得不对吗？"

"是因为你没有在充电啊，妈妈！"

她不太明白儿子在跟她说什么，但自打她开始操控侦图机，每回她给儿子发信息提问、告知进展或聊聊埃娃所做的事情，儿子都会马上回复。艾米莉亚心下暗想，儿子是不是事先就知道送一台侦图机可以拉近自己与老妈的关系，又或许这件礼物给他带来的麻烦远远超过了他的预期。

"妈，如果你不是每天充电的话，电池就会没电的，你没注意到这一点吗？"

没有，她没注意到这一点。有什么是她必须注意到的呢？

"如果电量到了'零'，用户之间的连接就断掉了，跟埃娃也得拜拜喽！"

"跟埃娃拜拜？我不能重启吗？"

"不能，老妈。这叫'设定失效'。"

"设定失效……"

重复这几个字的时候，艾米莉亚正站在罐头商品货架的通道上，理货员好奇地看了看她。她儿子又重新解释了一遍，用更大的声音冲着话筒说话，就好像艾米莉亚的问题是听力。最后艾米莉亚终于明白了，她有些不安地跟儿子坦白，她已经让侦图机四处转悠了一个星期，一直没有充电。儿子松了一口气。

"那就是埃娃在给你充电，"他说，"幸好她给你充电了。"

在等着付款的时候，艾米莉亚一直想着这件事。这么说，每当埃娃上床去睡觉，并让侦图机在窝里一直待到第二天时，她都会把侦图机拿出来放到充电座上，等充完电再把它放回原处。艾米莉亚把豌豆罐头下面的桃子放到上面来，好让它们不被磕坏。所以，在世界的另一头，每天都有那么一个人在为她做那件事。她微笑起来，收起手机。这可真是实实在在的关爱。

莫森·辛托[*]养老院不仅仅是一所老年之家，它还是维拉·德格拉西亚区[†]最受欢迎、设施最好的机构之一。那里有七台跑步机、两个水疗按摩浴池，还有自己的心电图仪。在支付完健身房外墙的修缮费用后，卡米洛·巴伊格利亚想把那一年剩余的预算用来添置一些娱乐设施。最近几个月，一切都风平浪静，他管理这家机构马上就要满四十七年了，此时他需要做些不同于以往的事情，能让家属来探视时一下就注意到，而且在他

---

[*]　莫森·辛托（Mossèn Cinto），特指西班牙著名诗人、加泰罗尼亚民族主义的代表人物 Jacint Verdaguer i Santaló。Mossèn 在加泰罗尼亚语中为对神父的尊称（源自 Jacint Verdaguer 作为神职人员的经历），Cinto 为 Jacinto 的简称。

[†]　维拉·德格拉西亚区（Vila de Gràcia），西班牙巴塞罗那市的一个街区。

们结束探视后，在那个星期余下的时间里都对此津津乐道。

是护士长埃德尔提出了购买侦图机的建议。她本以为说服卡米洛会很困难，尽管她知道其实院长家里就有人拥有侦图机：院长的一个侄子用自己的积蓄买了一台。卡米洛·巴伊格利亚自己才想不起来要给老人院购买这种设备，但他还是决定试一试。他因埃德尔出了这个主意而向她表达了谢意，然后就马上订购了两台兔子侦图机。埃德尔亲自为每只兔子准备了一顶蓝色的遮阳帽，帽子为兔子的长耳朵留了两个洞，正面还印了老人院的标识。

午饭后，两台侦图机在休息大厅里一起被启动了。两小时二十七分钟后，编号 K0092466 的连接建立，三小时两分钟后，编号 K0092487 的连接也建立了。全世界范围内有 378 个服务器在不停建立这些连接，即便这样，网络连接还是会遇到问题，首次设置需要等待的时间也越来越长。

当那两台侦图机开始移动时，一些老人就凑过来了。两只兔子在他们脚边转来转去，他们都费力地抬起腿让兔子通过，就好像这两只兔子是那种不能避开障碍的橡皮筋弹力玩具车。还没到十分钟，其中一台侦图机就停在大落地窗旁边，再也不动弹了。它就那么兀自中断了连接，埃德尔不得不向卡米洛解释了好几遍，这种局面已经无可挽回了。据她所知，如果一个侦图机的"机控"想放弃这个"游戏"，这个设备就没法再使用了。

"你觉得有可能是因为那些老人吗？"卡米洛问道。

埃德尔倒没想过这一点。她从来没想到，假如要买一件新的家用电器，除了阅读那些使用说明，还得考虑这电器是否跟与之生活的那个人相配。站在超市货架前，谁会问那台他想买回家的电扇，同不同意为一位穿着成人"尿不湿"、看着电视的老爹吹风？

"你觉得我们会不会失去另一台侦图机？"卡米洛抓住埃德尔的胳膊，有些害怕地问。

埃德尔盯着卡米洛，头一回发现卡米洛已经跟他照管的那些老人们一样衰老了，心里便也理解了他的询问中所包含的担忧。不远处，一位老人正把另一台侦图机拿起来仔细研究。他冲着侦图机说话，几乎把它贴到自己的鼻子上，还弄脏了侦图机的眼睛。然后，他想把侦图机放回地上，但却弯不下腰，于是，随着一声痛苦的喊叫，侦图机摔到地上，打了好几个滚儿。埃德尔走到兔子旁边，把它立了起来，跟着它在餐厅的桌子中间穿行，不让人来折腾它。然后听凭它离开，到餐厅外面的花园去了。

"埃德尔。"卡米洛的声音从背后传过来。

埃德尔刚要朝卡米洛的方向转身，却看到一位老太太正追在侦图机后面，而在老太太身后，一个护士正试图拦住她。突然，那台侦图机出人意料地猛然转向院子中央那个养着小鱼的水池，全速冲了过去。它在干什么？埃德尔本能地朝它跑过去，可卡米洛却拦住了她。兔子没有停住，掉进了水里。老太太尖叫着跨进水池，护士也紧跟其后，跳了进去。

"埃德尔，"卡米洛又一次拽住了埃德尔的胳膊，"你确定没救了吗？什么也救不回来了吗？"

他指的是救什么？是指把钱救回来吗？

屋外，护士已经让老太太坐到水池边上，老人全身上下湿答答的，哭着用手指着侦图机，几米之外，侦图机正慢慢沉入水中。

阿丽娜一直是每天早上跑步。两个月了，如果她回了门多萨，至少可以说自己锻炼了身体。这并不是她所追求的成就，可她也实在没有其他事情好做了。不过现在她已经知道该如何消遣了。现在她有图书馆和侦图机，她已经很久没有兴致读这么多书了，而且她觉得侦图机还真是蛮有趣的。

斯温头一次看到侦图机时，在那乌鸦跟前怔了好一会儿，乌鸦也站在地上盯着他看。两者都是带着一副好奇满满的样子在研究着对方，搞得阿丽娜得使劲儿憋着让自己别笑出来。斯温是个高个、金发的丹麦人，在门多萨时，阿丽娜得像对待一个十五岁少年那样来照料他。他真诚单纯、平易随和，所以总是被人欺骗，被人偷窃，还被人嘲弄。而在艺术之家，斯温身边都是他的同道

侦图机

中人，还总有那么一个活泼精干的女助手在旁边帮忙。在阿丽娜看来，斯温就是一位要从她掌控中逃走的王子，她这些天在奥阿克萨卡感受到的嫉妒，其实就是一年前她与斯温刚开始交往的几个月里所体会到的心情的延续。随着时间推移，那种不愉快的性质已经发生了改变。以前，那种嫉妒让她备受折磨，她会死死盯住斯温不放；而现在，那种不愉快成了她的消遣，已经无关利害，嫉妒成了她能找到的让思绪时不时回到斯温身上的唯一方式。她很喜欢这种只与她自己相关的状态，愿意投身其中，把自己关在房间里，专心幻想着如长篇电视剧集般的情节，好几个小时后才再次回到现实世界。阿丽娜喜欢将其描绘成"碎片化"的状态。这如同一种眩晕感，催眠了她最愚蠢的担忧，或许就是因为这种自我封闭，她得以回归一个澄澈、轻松的世界，只去感知进食和跑步所带来的单纯的快乐。

但她迟早都得再次面对斯温，记起她的生活是由一些可能失去的东西构成的，就像斯温现在看着侦图机时露出的迷人微笑一样。阿丽娜早就预估过斯温会提出哪些有关这毛绒玩偶的问题，而且她已经在心里反复盘算，准备好要去应对诸如价钱、这东西没什么用、会暴露过多的隐私等问题，虽然最后那条关于隐私的问题，她估计"艺术家"斯温一时半会儿还不会提。斯温看起来挺吃惊的，当他俯下身想近距离观察侦图机的时候，问了一个阿丽娜事先没想到的问题。

"咱们给它起个什么名字？"

侦图机转过身看着阿丽娜。

"山德士，"阿丽娜说，"山德士上校*。"

这可真够蠢的，但却挺有意思。阿丽娜琢磨着到底是什么让她觉得这侦图机是个男的，到底是什么让她觉得这只乌鸦无论如何也不能有个女人的名字。

"就像肯德基老爷爷？"

阿丽娜点点头，这名字实在是很完美。斯温拿起了侦图机，翻过来检查它的轮子，研究它小小的塑料翅膀是怎样安到身体上的，这遭到了侦图机不满的抗议。

"它的续航时间有多久？"

---

*　这里指哈兰德·大卫·山德士（Harland David Sanders），美国著名餐饮连锁企业"肯德基"（KFC）的创始人。本书中的"侦图机"原文为 Kentukis，与"肯德基（肯塔基）"的英文 Kentucky 相似，女主人公由此联想到"肯德基"的创始人。

阿丽娜完全不知道。

"你觉得它能跟着咱们去吃晚饭吗？"斯温问道，把侦图机放回地上。

试一试的话也许会很好玩儿。美景镇没有什么高级优雅的餐厅，实际上，连一个正儿八经的饭馆都没有。也就是几位主妇（他们俩已经去拜访过三位了）将塑料桌子放到自家院子里，铺上桌布，摆上盛着玉米饼的面包筐，再提供一份有两三道菜的菜单。她们的丈夫通常也坐在那些桌子旁，一般是离电视机最近的那一张，吃着饭，有时手里还端着啤酒或甘蔗酒，坐在那儿打瞌睡。那些地方都在一公里以内，斯温觉得，要是侦图机的技术跟手机技术差不多的话，应该能顺利地一路跟随他们。可阿丽娜却担心会没有信号。她知道每一台侦图机都只有"唯一一次生命"，但她不清楚如果没有信号了，是不是也意味着连接中断。

他们出门到了院子里，开始走了起来，侦图机在他们后面几米的地方跟着。阿丽娜一直注意听着在自己身后嗡嗡作响的小马达声，意识到当他们俩如此轻松地走在路上时，有人正全力跟随着，好不失去他们的踪影。阿丽娜忘掉了那个女助手，重新体会到安全感，她拉着斯温的手，而斯温也挽着她，心情愉快，充满爱意。走到公寓外面的柏油马路上，乌鸦要跟上他们就不太容易了。他们听到它转弯，减速，再加速追上他们。然后，他们听到它停了下来，便回头看看出了什么事儿。侦图机停在大约五米远的地方，朝着山的那边张望。很难搞清楚它是在那儿和他们一起欣赏墨西哥黄昏的风光，还是突然遭受了某种直捣它灵魂的技术故障，要是后者的话，那一起欣赏黄昏的风景就成了他们这辈子能从侦图机身上得到的全部了。阿丽娜立刻想到了他们的 279 美元，突然，侦图机又动了起来，若无其事地绕过斯温，朝阿丽娜站的地方跟过来。

"您有何贵干？"斯温开着玩笑，"您要和我的女人去哪儿啊，上校？"

那天他们过得很愉快，吃了辣烧鸡肉配米饭，整个晚餐期间，他们就让侦图机待在桌子上。每当斯温不注意的时候，乌鸦就会把叉子推向桌沿，让它掉到地上去。由于叉子掉落到地上时没有发出声音，斯温就还在原先放叉子的地方盲目地找来找去，后来发现了这个鬼把戏后他也没生气。实际上，在日常生活中根本没有任何事情会让这位"艺术家"生气，因为他的精力可是要投入到更高尚的事务中去的。斯温能完全按照自己的意愿生活，对于那份从容，阿丽娜真是满怀妒意。斯温一路前行，阿丽娜却循着他留下的足迹游移难安，一心不想让他从自己手里逃脱。跑步、阅读、侦图机，她的所有计划都不过是偶然的结果。上校又扔了一次叉子，阿丽娜被吸引了，哈哈大笑起来。当侦图机看向她时，她朝它挤了挤眼睛，而它则第一次在晚上发出了乌鸦的啼叫声。

"您要是招惹了我的女人，"斯温开着玩笑说，"那就是在招惹我，上校。"然后就又弯下腰去捡自己的叉子。

几天后，阿丽娜要出门，在最后一刻，她又回来带上了侦图机。她想把侦图机拿给图书馆的卡门看。卡门是阿丽娜在艺术家公寓里遇到的最像朋友的人。她们曾简短而严肃地交谈过几句，慎重地品味一段"伟大"友情的开始。阿丽娜在接待柜台上敲了几下，向卡门通报她来了，随即把上校留在卡门放在桌上的那堆纸旁边，便自顾自地走到"叙事文学"的书架边，在那里偷偷观察着事态的发展。卡门看到了侦图机，走了过来，她通常都是一袭黑衣，手腕上戴满镶铆钉的手链。

她举起侦图机，把它翻了个个儿，研究它的底座，用手指在轮子中间摩挲着。

"这台侦图机好像比我的那两台质量要好。"她低声说，好像早就知道阿丽娜从一开始就在偷看她。

阿丽娜拿着两本新书走了过来。

"我总在想，这个小屁屁到底是干吗用的。"卡门兴致勃勃地说着，用她涂着指甲油的指甲抠抠侦图机那藏在后轮后面的 USB 端口。

然后，卡门把侦图机放到桌子上，它向着阿丽娜跑去。卡门说，她的前夫在不到一个月前给他们的孩子一人送了一台侦图机，而且她已经看到有好多人新买了侦图机。

"我前夫说，这东西的数量在指数级地增长，如果第一个星期有三个，那第二个星期就会有三千个了。"

"你不害怕吗？"阿丽娜问。

"有什么可害怕的？"

卡门朝旁边走了一步，然后，她背对着侦图机做了一个蒙住眼睛的动作。她从包里找出钱夹，给阿丽娜看她两个儿子和侦图机的一张合影。那是两只黄色的猫咪，被放在自行车的车筐里。每台侦图机的脑袋上都扎着一条黑布带，把它们的眼睛遮得严严实实。这是卡门对前夫提出的唯一一个条件：她担心这是前夫的一个计谋，就是为了在她家里放上两台昼夜不停巡视的摄像机。

阿丽娜端详着那张照片。

"可谁又愿意被蒙上眼睛在你家里转悠啊？那又有什么意思啊？"

"你看，"卡门说，"侦图机只有视听两种感官，就算我去掉它们的一个感官，它们也照样能四处溜达。人都是这样的，亲爱的，就算拥有这样的图书馆，人们不也照样闭目塞听吗。"说着她指了指图书馆那四条空空荡荡的通道。

她从阿丽娜手里拿回照片，亲了一下照片上的两个孩子，把照片放回到钱夹里。

"昨天，在出租车站点前面，就有一台侦图机在路上被人踩坏了，"卡门接着说道，一边在登记表上记录着阿丽娜要借的书的信息，"那台侦图机是我孩子的一个朋友的，他妈妈不得不把它葬在了花园里，就埋在那些狗狗的坟墓中间。"

乌鸦朝卡门转过身去，阿丽娜暗想，山德士上校到底能不能听懂卡门的话呢。

"可真是不幸，那个男孩伤心坏了，"卡门微笑起来，很难搞清她到底在想些什么，"养宠物就会这样。"

"那台侦图机自己到大街上去干什么呢？"阿丽娜问道。

卡门吃惊地望着阿丽娜，也许是因为她自己从来没有想到过这一点。

"你觉得它是在试图逃跑吗？"她问阿丽娜，定定地盯着她看，有些激动地笑了起来。

阿丽娜回到家，把侦图机放到地上，走向卫生间。因为那乌鸦总想进入卫生间，阿丽娜不得不又回到卫生间门口，把门关上，不让它进来。她待在门边，直到听到山德士上校走开。然后她脱掉衣服，进了淋浴间。她没跟自己的侦图机进行任何交流，这么做真是太明智了，逐渐获知一些情况后，她对这一做法的正确性愈发地肯定了。不写邮件，不发短信，也不约定任何其他的沟通方式，她的侦图机不过就是一只愚蠢而无聊的宠物，以至于阿丽娜有时候都忘记了山德士上校就在那里，忘记了上校背后有一台摄像机，有个人就在那里盯着她看。

日子就这么平平淡淡地过去了。阿丽娜的闹钟在早上六点二十准时响起。这个时间没有一个艺术家会在公寓楼里晃悠，闹铃声似乎也根本吵不醒斯温。阿丽娜有足够的时间起床，下楼到公共厨房，在那里独自吃完早饭，无须和任何人交流，然后在出去跑步之前看一会儿书。在喝第二杯咖啡时，她会在椅子上挺直身子，屁股搁在椅子沿儿上，双腿张开呈"V"字形。那是她的"巡航"姿势，她能以这个姿势一连看上好几个小时的书。山德士上校会钻到她两只脚中间，推动她双腿形成的"V"字的两个端点，直到这个"V"字呈现标准的对称结构。有时，阿丽娜会放下书，向侦图机提个问题，纯粹是为了了解那个在背后操控乌鸦的家伙（不管那人是谁）此刻是正在那儿陪着她呢，还是干脆放着侦图机不管，自己去干其他更有意思的事儿去了。要是那个"机控"正好在，阿丽娜一想到有人正坐在那儿，几小时几小时地盯着她看，就会觉得有些不寒而栗，但要是那人没在，她又会觉得非常恼火。难道她的生活不够有趣吗？难道那个家伙自己的生活要比她的重要得多，以至于得放下她这边的一摊事不管，让侦图机在那儿一直待到他回来？不会的，阿丽娜自己在心里作出了回答，要真是这样的话，侦图机也不会一大早——在六点五十分——就像只宠物一样钻到她两脚之间了。

　　"你知道 139 页上都讲了些什么吗？"

　　山德士上校几乎一直都在那儿，它会发出一声咕哝声或轻轻拍打一下身体两侧的小翅膀，但阿丽娜却懒得再回答自己提出的问题了。七点半的时候，她会把侦图机放回房间，下楼去山上跑步。她在教堂那儿拐弯，避开镇子的主干道。她知道有一条远离所有房子的山路，她穿过农田，沿着山岗，朝着树木更多的区域一路跑下去。她一次比一次跑得远，也感受到自己一天比一天更强壮。跑步并不会让她的智商增加或减少，但是血液却开始以另一种方式在她身体里流淌，让她的太阳穴跳动个不停。空气都发生了变化，当她神思飘忽时，一个个想法就会迅速涌现在她的头脑中。等她回到公寓，斯温已经下楼去他的工作室了。阿丽娜会去冲个澡，换上一套舒适的衣服，仰面躺在床上，慢悠悠地吃她的橘子。而山德士上校会在地上不安地围着她转来转去，就像一只卡通版的猛禽。

　　前一天阿丽娜一直在思考，想了很多，直到夜里还在想，凌晨三点钟她就起了床，把一张椅子搬到院子里，面对着大山，在一片黑暗中抽烟。

她感到自己距离某种真相的揭示只有一步之遥了，这个过程她并不陌生，单单是那种即将得出结论的兴奋就足以补偿缺少睡眠带来的困倦。

于是，这天早上跑步回来后，阿丽娜拿着橘子躺倒在床上，继续翻来覆去地琢磨着自己距离某种真相越来越近这件事。她定定地凝视着天花板，想着如果她为了推测出即将呈现在她面前的到底是什么真相而不得不把事情挨个儿捋一遍，她就得回想一下自己几天来都没好好考虑的一件事。就在上个星期的某天某时，她到教堂旁边那家镇上唯一的杂货店去，不经意间看到一件小事，不过她现在倒宁愿自己当时没注意到。她看到了斯温正在向一个姑娘解释些什么，看到了他解释的方式，看到了他试图让对方理解自己时表现出的温柔，看到了他们俩一个挨向另一个时的那份亲近，还有他们相视而笑的模样。事后阿丽娜知道了那姑娘就是斯温的女助手。当时她并没有大惊小怪，也没觉得那是一个多么重要的发现，因为一个更深刻的真相突然攫取了她的注意：对她而言，没有任何事情会像找到行动的方向那么重要。在她的身体里，每一个冲动都在问：是为了什么？那不是疲倦、消沉，也不是缺少维生素，而是一种近似于无欲无求的感觉，但却比那种感觉有更大的影响力。

阿丽娜躺在床上，将橘子皮归拢到一只手里，这个举动让她又接近了一个新的真相。如果斯温对一切心知肚明，如果说作为"艺术家"的他一直在努力创作，他过的每一秒就是在向一个既定的终点迈近一步，而她的情况与他完全相反。那么，他们俩就如同处在地球最遥远的两端的生物。她跟艺术完全不沾边，籍籍无名，也不为任何人、任何事而活。她抗拒任何形式的固化，她的身体永远与所有事物保持着距离，以保护她不去冒任何一次确切达成某事的风险。阿丽娜握住拳头，捏紧那些橘子皮，它们就像是一团新鲜而紧实的面团。然后，她伸长手臂，朝床头够去，把橘子皮一股脑儿塞到了斯温的枕头底下。

　　　　　　　　　　　　　　侦图机

格里戈尔早就想出了一个绝妙的主意。他把它称为"B计划"，并且把他自己的和老爸的最后积蓄（如果老爸还剩下的那点儿钱也算积蓄的话）都投在了里面。他敢肯定，作为回报，B计划会让他摆脱困境，再一次回归游戏场。已经快过去两个星期了，可他还是觉得事情没有走上正轨。他跟老爸说他过会儿再吃午饭，掩上了房间的门。如果一切进展顺利，过不了多久他就能给老爸买个侦图机。对老年人来说，侦图机是个不错的伴儿，它能供老人消遣，甚至能提醒他吃药的时间。谁知道呢，说不定那东西最后还能派上大用场。他看了看贴在书桌上方墙壁上的日历。还有不到两个月的时间，那笔赔偿金就要花完了，等老爸到时候想用副卡支付买酸奶的钱而收银机拒收他的银行卡时，格里戈尔就得把真相和盘托出了，因此，B计划必须成功。

平板电脑的屏幕上显示，编号K1969115的连接已经找到了它的IP地址，现在要求填写序列号。摄像头开启了，格里戈尔不得不马上降低音量。网络连接的另一头儿正在举办一场生日会，一个六岁左右的小孩子正使劲晃动着侦图机，还用它一下下敲着地面。这种情况不会持续太久的，格里戈尔想，尽管他已经遇到了几次意外。有时候，侦图机们并没有与原本被指定为"机主"的那些人待在一起，而是被家里的其他人收留。就像那台在南非开普敦启动的侦图机，它本来是在医院里陪伴一个女人的宠物，可是没过几天那个女人就去世了。后来，那女人的女儿带着那台侦图机上了飞机，侦图机被放在客舱上方的行李隔架上，经历了长途旅行后，它被拿去送给了住在新西兰乡下的一个侄子。它被安置在奥克兰郊外一家农场的牲口棚里，在那里，猪有时会趴在它的充电座上，这时它就不得不一次又一次地去撞它们的屁股，好让它们都站起来。一台侦图机命运的改变就可以这么快。

格里戈尔一再提醒自己，时刻让侦图机保持

在被激活的状态是非常重要的。这并不是一项技术上的硬性要求，也就是说，一台侦图机即使好几天都没有被使用，被指定了 IP 的连接还是会一直被保持着；关于这一点，格里戈尔已经在社交软件、论坛、业余爱好者聊天室以及各种各样的专业平台上做了一番调查，他现在可以确定，就算对一台侦图机设备不进行维护，也不意味着会失去它。但如果想将那些网络连接拿来出售，他就得维系那些连接，并且与"机主"们保持良好的关系。他每天都得开启侦图机们，让每一台都四处活动并跟"机主"互动一会儿。之前，格里戈尔对这项工作的规模估计不足，现在他得花费太多时间来干这件事儿。事实上，正是由于这个原因，格里戈尔在第一个星期就因为缺乏经验和计划不周失去了一台侦图机。他有两天多的时间没有照管那个侦图机，它的"机主"——一位缺乏耐性的俄罗斯富婆——可能受不了自己这么长时间都不被关注，最后竟自行切断了连接。在格里戈尔的 3 号平板电脑上，编号 K1099076 的连接发回的最后消息是一条红色警告："连接终止。"

随着连接被切断，侦图机的"身份证"就失效了，那么也就等于失去了这台侦图机。连接两头的人都无法再对其进行利用了。"通过购买来获取连接"是那些侦图机生产商的方针，被写在侦图机的包装盒背面，就好像这是产品的某种优点。两天前，为了能多安装一些新代码，格里戈尔出门去买更多的平板电脑，那时，他看到一个男孩穿了一件 T 恤衫，上面就印着这句话。说到底，人们还是喜欢有约束。

　　而在眼前的这场生日会上，他的 11 号侦图机正想方设法地存活下来，有人把它从小寿星手里救了下来，放到地上。地上铺的是红色的多孔地砖，再过去一点，透过客人们之间的缝隙，可以看到一个大大的游泳池。侍者用托盘端着饮品，不时地走过来走过去。有一张大海报，上面写着"¡Felicidades!"*，格里戈尔觉得那是西班牙语。他操控着侦图机在客人们中间穿行着，总有人跟在它身后，时不时就将它拿起来，颠来倒去地查看它，等到它终于又被放回地面上时，摄像头再一次转向了小寿星，可这时那孩子对它已经完全不在意了，他正兴高采烈地一件件打开其他礼物。格里戈尔想，我这是在古巴吧。自打他启动了第

---

* 西班牙语，意为"祝贺"。

一台侦图机，就一直盼着能连接到古巴，要是能随便选地方，他早就选了哈瓦那或米拉马尔 * 的某处海滩了。这两个地方他从来没去过，反正想象一下这些地方的样子也不会有什么损失。一条狗过来闻了闻它，弄脏了它的摄像头。而此时，格里戈尔在自己的房间里打开文件夹，开始填写一张新表格。他在开始实施 B 计划的第一天就亲自设计了这些表格，打印了五十份，计划着之后还要打印更多份。他填上了日期以及这个侦图机连接被指定的程序序列号，"侦图机类别"和"侦图机所在城市"则空着没填，有时候，他得花上好几天的工夫来查探这些信息。他在"总体特征"一栏做了最初的几条记录。富裕阶层，家里有家政服务人员，游泳池，多辆汽车，可能位于乡间，赤道地区，讲西班牙语。周围有音乐，噪音很大，声音很杂，所以翻译软件一点忙都帮不上。

格里戈尔打开最下面的抽屉，数了数自己还有多少张可以激活的卡。只有九张了，如果 B 计划进展顺利，很快他就有钱去买更多的连接卡和

平板电脑，这让他又多了点信心。他有一张时间表，每天工作八个小时，按一定的方法来管理大约十七台侦图机，这就要求一切都要遵照一定的秩序。尽管格里戈尔已经决定大幅涨价，但还是不断有人来询价，而他也清楚，销量很快就要飙升了。头三个连接他以很低的价格卖了出去，这是他作为新手不得不交的"入行费"，而现在这买卖眼看就要做大了。

格里戈尔的父亲轻轻敲了几下门，走了进来。他已经上了岁数，但仍然是个高大的男人。他两手各拿着一个塑料杯子，把其中一个放到格里戈尔面前的桌子上。

"喝酸奶了，儿子。"

说着他就端着另一个杯子坐到床上。格里戈尔曾试图跟老爸解释自己正在做什么，但他老爸到头来也没弄明白。格里戈尔曾告诉他，当这些新生事物进入市场时，一定要在相关规定出台前充分利用法律上的漏洞。

"那这是个非法的事儿喽，儿子？"

"非法"这个词会让格里戈尔老爸那一代人心生忌惮，可这个词被看得过重了，而且听起来还很老土。

"在有法律或者规定出台之前，这事就不算非法。"格里戈尔说。

他的表兄靠着用无人机搞匿名投递已经赚了不少钱，但那种事干不了太长时间。迟早都会出现一个拥有更多资金和更强人脉的家伙。所谓"规定"并不是要进行组织规划，而是要想法搞出一套能让一小撮人获利的规则。企业们很快就会将侦图机背后的生意全都据为己有，而人们也很快就会算出，要是有钱的话，与其花上七十美元去买上一张连接权限卡，随机被分配到世界上的不知道哪个犄角旮旯儿去，还不如花上八倍的价钱，选择自己所操控的侦图机待的地方。有人可以花上一大笔钱，就为了每天能有几个小时来体验一下穷日子，还有人花钱是为了足不出户就能四处旅游，想着不用拉肚子也能去印度转一圈，或是光着脚、穿着睡衣就能见识一下极地的冬天。还有一些机会主义者，对他们来说，与多哈的某间律师事务所建立连接意味着有机会在任何人都看不到的笔记和文件上溜达整整一晚上。阿德莱德＊有位无腿少年，他父亲三天前刚刚向格里戈尔订

＊　阿德莱德（Adelaide），澳大利亚联邦南澳大利亚州首府、商业和文化中心，是南澳第一大城。

购了一个侦图机连接，看能不能关联到某位在风光秀美如天堂的地方从事极限运动的"治愈系机主"，为此，那位父亲在邮件里说，不管多少钱他都会支付。有时候，客户并不十分清楚自己到底想要些什么，格里戈尔就会给他们发去两三份配有图片和视频的登记表。还有些时候，连他自己都很享受那些为了出售而维持的网络连接。他会偷偷利用侦图机哪儿都可以去的优势，看着它们的"机主"睡觉、吃饭、洗澡。有些机主规定侦图机只能在一定区域里活动，但也有人让侦图机无拘无束地四处转悠，机主出门在外时，等得无聊的侦图机还不止一次地去翻看机主的东西来消遣。

"儿子，我们现在每个星期可以省下五十个库纳＊呢。"老爸一边说着，一边向格里戈尔示意自己已经喝完酸奶了。

格里戈尔这才想起，手里还端着老爸给他的那个装着酸奶的塑料杯子。他尝了一口，立刻明白老爸说的是什么意思了：老爸已经不买他们平时喝的那种酸奶了，这酸奶是他在厨房自己做的，

＊　库纳（Kuna），克罗地亚货币。

格里戈尔不得不尽力忍住才没把那口酸奶吐回到杯子里，而是微笑着将它咽了下去。

马尔文在玻璃橱窗里围着吸尘器转了几圈，然后向大街上张望了一会儿。这家商店并不大，店里漆黑一片，他能猜到这一点，全凭看到了玻璃上的倒影。商店是卖家用电器的。但是倒影中却没有他自己，不管从哪一边看，他都没法看到自己的映象，这样一来，他也没法告诉朋友们他的侦图机到底是什么动物了。就算侦图机发出叫声，从马尔文的电脑扬声器里传来的声响也无法为他提供任何线索，那声音既有可能是一只猛禽的鸣叫，也有可能是门被打开时发出的吱扭声。他连侦图机身在哪座城市都不知道，也不清楚自己的"机主"到底是什么样。他已经把这里有雪的事情告诉朋友们了，但看起来他们并没有被震住，反而还在知道后笑话他，告诉他公主的屁股和迪拜的公寓可要比下雪好得多，更何况那雪连摸都摸不到。马尔文知道他们都错了：如果你能找到雪，而且能推动你的侦图机，在那一大堆白色蓬松的雪里拱呀拱的，你就能在雪堆上留下你的印子。这就相当于你在用自己的手指触碰世界的另一端。

在玻璃橱窗里，侦图机身处的那两平方米的空间让马尔文觉得越来越逼仄。他实在很无聊，甚至一度想干脆去学习，让侦图机自己在那儿待着算了。不管怎么说，书本都在那里，那么厚重，那么一成不变，以至于马尔文有时候会慢慢地翻着它们玩儿，就好像它们都是前朝文明留下的遗物。但每次他都还是会把注意力放回到侦图机身上，回到那几乎没有人从旁经过的漫漫长夜中去。有一次，一位老先生停下来看侦图机，马尔文便让侦图机原地转圈，先朝一边转，再朝另一边转。那位老先生鼓起了掌，大声欢呼起来，马尔文觉得他似乎喝醉了。过了一会儿，又有人经过，这次是一个比马尔文高大的男孩子，跟那种在学校里根本不会正眼看马尔文的同学是一类人。那男孩经过橱窗，用戴着戒指的手指敲了敲玻璃，算是打招呼，还冲侦图机挤了挤眼睛，就继续沿着街道朝着上坡方向走去了。第二天他又经过了橱窗，第三天也是如此。马尔文喜欢那个男孩，喜欢他每次向侦图机打招呼时用戒指敲击玻璃发出的声音。难道他经过这里就是为了看看马尔文吗？

一天晚上，橱窗里的大灯熄灭以后，有人把侦图机拿了起来。有那么一刻，马尔文看到了店里的全貌：摆满了收音机、搅拌机和咖啡机的货架，闪着亮光的柜台和地面。和他曾经猜测的一样，这个塞满了各种植物和货物的地方可真是不太大啊。那人将侦图机放到店面中央那张店里仅有的桌子上，这让马尔文终于完整地看到了店里的样子，也让他感到异常兴奋。

他迫不及待地想寻找一面镜子，或一个可以让他看到自己样子的东西，好知道自己到底是哪种动物。那个把他从橱窗中拿出来的人是个身材高大的老妇人，她正不知疲倦地在店里来回忙碌着，拿一块麂皮轻拂着她周围的物件。她打开了橱窗侧面那扇马尔文从未见人打开过的门，把那些吸尘器也都拿了出来。她斜靠在收银台边上，有好一会儿，马尔文几乎看不到她的腿，只能看到掸子的灰色羽毛时不时地从收银台的另一边冒出来。柜台上方的墙壁上有七个挂钟，它们的指针都指向凌晨一点零七分。马尔文心想，这个老妇人干吗要在这个时间打扫卫生，她到底是这家店的女主人，还是个清洁工？马尔文记得他妈妈曾说过，没人会为与己无关的事情卖力干活，而眼前这名老妇人看起来对正在干的活儿相当投入。马尔文看到她直起身子，将掸子放到桌子上，又拿起了那块麂皮。这时马尔文试着开始了自己的表演：他让侦图机在桌上转起了圈，同时一睁一合地眨动着它的小眼睛，发出低沉、忧伤的叫声。那个女人回过身来盯着它看。马尔文让侦图机在原地轻轻抖了抖身体，就像他想象中一条狗为了甩掉身上的水而做出的那种动作，随后它就移动到桌子边上。他实在没什么别的可表演了。老妇人围着桌子转了一圈，她离得太近了，搞得系在她腰间的绿色围裙占据了整个屏幕。马尔文让侦图机向上看，他想知道老妇人是不是还在微笑，却看到另一只手正从它头上伸过去。他也说不出那只手到底在干什么，老妇人的胳膊一直悬在侦图机上方，正以某种奇怪的方式与它发生接触。一种短促而刺耳的声音又从平板电脑的扬声器里传来，马尔文终于弄明白了：老妇人正在抚摸侦图机。当她胳膊的动作使得镜头前的那条围裙在屏幕上呈现出起伏时，马尔文让侦图机发出了他想象中猫咪会发出的那种短促的咕哝声，还尽量快速地眨了好几次眼睛。

"多好看的东西啊！"老妇人用某种马尔文听不懂的语言说道，不过控制面板还是顺利地把它翻译了出来。

这老妇人如此穿着，对着侦图机讲话时又那么温柔，这让马尔文想起了给他们家打扫卫生的那个女人。他家位于安提瓜的房子实在太大了，塞满了各种原本属于他妈妈的装饰品，不过现在谁也打不起精神来清理它们。家里那个打扫卫生的女人对待马尔文就像是在照管又一件失去主人的装饰品。而这个穿着绿围裙的老妇人却抚摸了马尔文。她带着抚弄动物幼崽时那种真挚的爱意抚弄着侦图机的脑袋，她刚把侦图机放开，马尔文就又让侦图机转身去求她再摸摸。于是老妇人便将脸庞凑近侦图机，她那张变得很大的面孔占据了电脑的整个屏幕，然后，她第一次亲吻了侦图机的额头。

从那以后，每天半夜，那个老妇人就会把马尔文的侦图机从橱窗里拿出来，一边打扫卫生一边跟它聊天。这一天，本来一切照旧，老妇人要擦桌子，便把侦图机挪开，放到了一面镜子前。虽然只有那么一秒钟，但身在安提瓜的马尔文却在自己的书桌前喊了起来，还朝着天花板举起了双臂，握紧拳头，就像在为一粒进球庆祝、欢呼。

"我是龙！"

马尔文一直都想成为龙。"我是龙！"不管是坐在书桌旁，站在妈妈的照片前，还是第二天每次课间休息时，他都一次次地重复着这句话。在那个卖家用电器的商店里，终于发生了一些事。

那个老妇人到店里来时通常都气鼓鼓的，有时说起话来也是怒气冲天，以至于翻译软件都无法将她说的内容完全翻译出来。但打扫卫生会让她平静，也许只有这事情能让她暂时分心。她跟侦图机聊她的两个女儿，抱怨她丈夫把这家店经营得多么糟糕。就是她丈夫把侦图机带到这里来的。他是个什么都要买的人。二十三年前决定开这家店时，她曾以为开店可以让丈夫不再那么冲动，起码他可以通过为别人进货来让自己开心，别人从他这儿买东西时，他也能从中得到快乐。她丈夫从四处搜罗来的那些没用的物品多得简直令人难以置信，当时，他总说这些是为了紧急事务必须进的货，可刚一进完货，那些紧急事务就都没影儿了。

　　弄台侦图机来可以让橱窗变得更活泼生动，咖啡机和电咖啡壶的批发商就靠这个说法把侦图机卖给了老妇人的丈夫。把侦图机交给他时，批发商还随货附上了一篇报纸上的文章，里面有侦图机的数十个统计调查，还保证一旦被启动，这台侦图机就能"像只小猴子一样"地跳起舞来，让人们不由自主地在店前驻足。但很明显，任何人都没告诉过那位老板，这只"小猴子"只在夜里十一点到凌晨三点钟"跳舞"。除了镇子上的醉鬼，谁又会在那个时间从橱窗前经过呢？

　　这么多信息，马尔文接受起来还真有些费劲。这么说来，老妇人并不是他的"机主"？要是他只能在放学后，也就是在另一个世界的夜里才能操控他的侦图机，那他是不是永远也没法认识他真正的"机主"，也就是那个将他启动的男人了？最让马尔文不安的，还是老妇人话里话外的抱怨，如果要取悦他们，他是不是得像只"小猴子"一样跳舞？可在夜里跳舞真的能起到什么作用吗？老妇人喋喋不休的唠叨让他有些困惑，但她声音里那种温柔的语气，她训他时的魄力，以及她亲侦图机或用麂皮擦拭它时发出的声音都让他非常喜欢。

有一天晚上，老妇人对侦图机说：

"我女儿家也有一个像你一样的玩意儿。他们用莫尔斯码说话。你也学学啊，这样咱们就能聊天了！"

于是马尔文就去谷歌搜索了莫尔斯电码的字母对照表，上床入睡前，他就默默地练习，在被单下面像他的小龙侦图机一样发出嘀嘀咕咕的声音，一遍又一遍地记诵拼读自己名字的那七个字母的电码。

当老妇人告诉他"你发一个短短的'嗒'，我就会记录一个点，你发一个长一点的'嘀'，我就记录一条线"的时候，他已经准备就绪了。他很清晰地发出了代表他名字的嘀嗒声，老妇人忙说：

"等一下，等一下！"

她跑去拿了笔和本子。

"行啦！龙宝宝，再来一遍！"

马尔文又用莫尔斯码"说"了一遍自己的名字，老妇人异常认真地记录了下来，随后她喊了起来：

"马尔文！我喜欢！"

那个星期，每当那个用戒指敲橱窗的男孩路过时，都会在玻璃上写一些句子。这些句子都是用英语写的，这让马尔文觉得很酷，但他留下的都是诸如"解放侦图机！"或"机主都是剥削者！"这样的句子，而且由于天气冷，句子都能在玻璃上留很长一段时间。他担心老妇人会看到那些句子，担心她以为这事与他有关。他确实希望自己的侦图机被解放，这想法没什么不对，但他又不想伤害这位老妇人的感情，尽管她并非马尔文真正的主人，但他早已把她当成了自己的"机主"。

有时候马尔文会让侦图机装成小猴子，或者照着他认为小猴子该有的样子去表现。他让侦图机在橱窗里原地打转，发出咕哝声，眨动眼睛，围着那些吸尘器转悠，时不时地在某一台吸尘器前停下来，摆出一副赞赏的样子。但这些根本就没用，那条街上基本上没什么人，更何况还是在这个时间，就算有人经过，被他的表现吸引，继而注意到了那些吸尘器精妙的构造，商店这会儿也已经关门熄灯，漆黑一片了。

"我想去更远的地方。"有天晚上小龙侦图机这样咕哝着。老妇人不再挥着掸子掸灰，而是拿出她的笔记本和莫尔斯电码表，过了一会儿，她盯着小龙，露出了笑容。

"我有两个乏味、愚笨的女儿，"她说道，"我等了一辈子，就盼着她们俩中的哪一个能说出这样的话。"

老妇人走上前来。

"你想去哪儿呢？龙宝宝马尔文？"

在父亲的书桌旁，这个问题听起来就像是有人承诺要让马尔文实现一个愿望。马尔文抬眼望向那些书籍、墙上陈旧的壁纸，以及妈妈的肖像。尽管那画像挂得太高，他根本够不到，但如果他要离开这个家，那幅画像就是他要随身带走的唯一物品。

"我想得到自由。"他让侦图机咕哝出这一句。

"我觉得这是个非常不错的想法。"老妇人说道。

马尔文看到她朝着橱窗的搁架抽屉走去，然后拿着侦图机的充电器走了回来。她做了一个鞠躬的动作，把充电器放到了地上，就像向王室贵胄进献贡品。

"从今天开始，这个王国全部归你所有，"她说，"别了，橱窗，别了，囚笼。"

然后，她把侦图机拿起来，放到她脚边的地上。

这并不是马尔文想要的。他一登上充电器就对此心知肚明了，从他待的地方可以看到新的栖身之所的空间，这空间不是很大，在他看来也并不陌生。

"我想出去。"他让侦图机咕哝着。

老妇人在自己的笔记本上转写出马尔文的话，笑了起来。此时，坐在父亲书桌旁的马尔文皱紧了眉头。

"我会回来的。"

老妇人定定地看着侦图机，她神情凝重，看了看橱窗，又看了看大门。

"求你了。"马尔文又咕哝了一句。

就像是突然厌倦了侦图机一样，老妇人把笔记本丢到了桌子上，拿起掸子走开了。她打扫了一会儿，又走了回来，在小龙跟前俯下身来，对它说：

"好吧。"

她接下来说的那段话让马尔文觉得，也许她也一直想得到一次解放。有些"机主"很可能会为侦图机做他们无法为自己做的事情。

"我会把你放到店外，把你的充电器放在门廊楼梯下，"老妇人一边说，一边把侦图机拿起来，放到收银台边，"你只能在晚上出去。每天早上我都要看到你已经在那儿了，这样我就能赶在我丈夫来店里前把你放回到橱窗里，不然他可就发现了。就这么约定吧？"

小龙侦图机发出三声短促的咕哝声，静默了一下后，又发出两声短音。老妇人打开收银台，拿出一张跟钱放在一起的礼品标签贴纸。她把那标签举到侦图机的摄像头前，好让马尔文能看清楚——在店标下面有用烫金字体写的商店的地址和电话——然后她把标签贴到了侦图机身后，也许就贴在靠近后轮的地方。

"如果出了什么事儿，"老妇人说道，把侦图机放到地上，"就找个好心人把你送回来。"

把侦图机放到楼梯下之前，老妇人最后在它的前额上亲了一下。

程世旭早就买了一张侦图机连接卡，也早就跟位于里昂的一台侦图机建立了连接。从那时起，他每天都要在电脑前度过十多个小时。他银行账户里的钱一天天减少，朋友们几乎不给他打电话了，而且，垃圾食品已经快让他得胃穿孔。"你这是要找死吗？"妈妈在电话里质问他，也许是因为多年前她自己也曾这样作死过，只是那时世旭太忙了，根本没觉察出来。不过，最近这一个多月以来，程世旭都把心思集中在另一件事上：他经历了一场伟大爱情的诞生，而这份爱情也许是他一生中最真切却又最难以言表的感情。

　　首先，他认识了自己的侦图机"机主"。她名叫塞茜尔，在四十岁生日那天，她收到了那台侦图机。编号 K7833962 的网络连接刚一接通，她就把程世旭操控的侦图机拿起来带到浴室去了，于是程世旭便把一切都看了个清清楚楚。他操控的侦图机是一只熊猫玩偶，从头到脚都是紫红和松绿相间的绒毛，在腹部的位置上，有灰色胶印的文字，写着："永远铭记，艾曼纽。"程世旭觉得塞茜尔简直漂亮极了。她身材高挑苗条，一头红发，脸颊上满是雀斑。她还冲着镜子里映出的侦图机微笑。

"欢迎啊，我的国王。"她对程世旭说。

程世旭能听懂不少法语，所以他进入控制面板的设置页面，关闭了翻译功能。

他很快就发现这套公寓的其他部分空间也很大，跟卫生间一样奢华考究，而且，塞茜尔还慷慨地安装了一些设施，让这里成为她的侦图机能完全自主行动的领地。她在地面上放置了一些镜子，在房门和通向阳台的窗子上都开了那种通常专门给宠物使用的小门洞，甚至还安装了一条长坡道，就隐藏在沙发后面，从三人沙发的一头到另一头，沿着坡道可以到宽宽的皮制扶手上去，程世旭已经学会在那些扶手上自如地来回移动了。

从第一天开始，塞茜尔就定下了规矩，她掰着手指、直截了当地把每一条规矩列了出来。

"任何时候你都不能进我的房间。如果我带男人回家，你只能待在你的充电座上。如果我在睡觉或坐在那张写字台前，那你就不许在家里四处活动。"

这些规矩他都老老实实地遵守了。

不考虑这些规矩的话，塞茜尔是个非常体贴、风趣的人。有时他们一起到阳台上去，塞茜尔会把他抱起来，让他看看里昂，把曾升起世界上第一面黑旗*的那个广场以及曾是她家缫丝厂的那个旧仓库都指给他看，还把祖父曾在这个阳台上给她讲的那些关于轰炸和革命的故事讲给他听。

塞茜尔和她的公寓简直是个完美世界，尽管如此，更美好的世界却在对面的公寓里，那里是属于程世旭"机主"的弟弟让-克劳德的伟大王国。有时候塞茜尔和让-克劳德会约着一起喝个茶。一般是塞茜尔来准备，然后他俩一起在让-克劳德的公寓起居室里享用，喝茶时，让还会弹弹钢琴。

正是在对面那间公寓里，程世旭遇到了他生

---

* 黑旗（bandera negra），通常象征"无政府主义"。1831 年发生在法国里昂的丝绸纺织工人起义中使用了黑色旗帜作为抗议的标志，是有历史记录的对黑旗的首次使用。

命中的挚爱。

他第一次在让-克劳德家的起居室里四处转悠时注意到，在起居室的落地窗上也开了塞茜尔公寓里的那种宠物门洞。让-克劳德的熊猫侦图机就在不远处的一大盆兰花旁边。那个侦图机的肚子上也印着跟程世旭的侦图机身上一样的文字："永远铭记。艾曼纽。"这让程世旭很惊异。那个侦图机叫迪迪娜（让-克劳德就是这么叫它的），它要为主人做的事情只有一件，不过它完成起来总有些心不甘情不愿。每次弹完钢琴，迪迪娜的主人（他总是光着脚）就会坐到塞茜尔对面的扶手椅上，伸长了双腿聊天、喝茶。这时，迪迪娜就得用自己那毛茸茸的身体去蹭主人的脚丫，慢慢地蹭完一只再去蹭另一只。这时，塞茜尔就看着弟弟和他的侦图机哈哈笑。趁着让-克劳德不注意，迪迪娜会迅速跑开，到房子的某个角落里去。程世旭就像个影子似的跟随着它。

随着时间的推移，两个侦图机之间也有了交流。让-克劳德在卫生间的地上画了一张字母表，迪迪娜就在那上面优雅地来回移动。当它在那上面如跳舞一般移动时，看起来真是曼妙动人，可是轮到程世旭来"跳舞"时，却显得困难重重。

迪迪娜写的是法语，而程世旭写的是英语，然而，他们俩却完全能明白对方的意思。

"我——叫——Kong——Tao——lin，"迪迪娜写道，"住——在——台——北——大——安"

程世旭也写了自己的名字。然后又写道：

"肚——子——上——的——文——字……"

"去——世——当——天——艾——曼——纽——送——一——台——侦——图——机——给——每——个——孩——子"

迪迪娜又讲了更多关于这家人的事。当塞茜尔和让-克劳德还是小孩子的时候，他们的爸爸总给他们买豚鼠，但是豚鼠在笼子里总是活不到一年就死了。艾曼纽知道他的孩子们都长大了，而自己很快就得离开他们，便想在最后送给他们一只可以一直陪着他们的宠物。迪迪娜在瓷砖地面上"跳舞"时发出的轻微马达声几个小时后还在程世旭的脑海中回荡，他在北京的公寓里昏昏入睡时，想的还是迪迪娜给他讲的那些事。第二天，他用谷歌搜索了一下"孔陶琳"这个名字。他把第一个字写成了"孔子"的"孔"，虽然他并不知道这预示着什么，但他觉得，这肯定是个好兆头。台北市有几十个叫"孔陶琳"的人，但似乎只有一个是大安区的。她长得微胖，有着美丽的笑靥。程世旭把照片打印出来，贴在他的电脑屏幕旁边。

没过多久，孔陶琳就把邮件地址给了程世旭。她在卫生间地面的字母表上写出了邮件地址的前半部分，然后，有好一会儿，她都在原地转圈，显然是因为这个"键盘"上没有"@"键。最后，她用了"-at-"来充数，继续写了下去，直到她最后添上了".com"，程世旭才意识到她写的是个邮件地址。他在北京把这个地址记录下来，又让在里昂的侦图机在那字母"键盘"上跳了一会儿舞，把他自己的邮件地址也写了出来。等到喝茶时间结束，侦图机回到塞茜尔的公寓后，在北京的程世旭就打开邮箱给孔陶琳写信。在邮件结尾处，他向她坦白："我讨厌你得去蹭那家伙的脚。"孔陶琳立刻就回复了："我也不喜欢去蹭他的脚，可是他每天下午都教我两个小时法语。我学得可快了。我要去参加一个考试，等拿到了证书，我就离开我丈夫。"她结婚了，这个消息给了程世旭一记重击，但他还是很感激她的坦率。孔陶琳又写道："很高兴你来看我。我现在一整天都在期待着你来按门铃。"

程世旭想，他没准儿也能帮助孔陶琳学法语，塞茜尔讲话他就完全能听懂，但他还是什么都没跟孔陶琳说。孔陶琳告诉他，自己在给商业广告配唱歌曲，还在邮件中添加了一个附件，是她给一个口香糖品牌做广告的视频。孔陶琳并没有出现在视频里，但开头和结尾的地方都响起了她的声音，这声音在程世旭耳中显得那么甜美、动听，比他原先想象中的孔陶琳的声音还要温柔。

程世旭在地图上寻找着塞茜尔家所在的大楼。找起来并不困难，因为他还记得那个曾升起第一面黑旗的广场和以前属于这家人的缫丝厂的相对方位。很快他就找到了那座大楼，并在纸上记下了地址。他想给陶琳寄一束花。他想到，如果要寄花，就需要知道塞茜尔姐弟的姓氏，要把这一点查出来倒也不会很复杂，但他随即就想到了让-克劳德收到花束时会摆出的那副吃惊的样子。他可以在花束上插一张写着"致迪迪娜"的卡片，但是，谁会送一束花给一台既不能捧住花束，又不能闻到花香的侦图机呢？而且，让-克劳德可不像他的塞茜尔，他才懒得把花插进花瓶，再放到地上给迪迪娜看呢。程世旭得考虑送点儿别的礼物。要是他继续执行送花的计划，把花寄到大安去呢？这个想法让他一下子在椅子上挺直了身体，他又一次用谷歌搜索孔陶琳，以便获取她的确切地址。但什么都没找到。程世旭那身处里昂的侦图机在下午时分通常都会在沙发扶手上睡一会儿觉，他唤醒了侦图机，操控它顺着坡道下到地面，去找塞茜尔。它轻轻碰了塞茜尔几下，塞茜尔俯下身子，摸了摸它的脑袋。

"你怎么了，大块头？"

塞茜尔称侦图机为"大块头"。

虽然他不喜欢让-克劳德，可此时此刻，他是多么怀念让在卫生间地面上为陶琳画的那个字母键盘啊。为什么塞茜尔不为他做这样的事情呢？她不希望他们俩能聊一聊吗？世旭又叫了几声，但他心里也明白，他发出的声音并没有什么用。后来他累了，便转过身，走开了。

世旭和陶琳开始互相写邮件，每天都写好几封。陶琳给世旭讲了很多她父亲的事情，她对父亲一直怀有热切的思念。他对陶琳非常好，但他同时又是"文革"中一个阴郁的官员，曾做出一些让陶琳始终无法理解的事情。与陶琳讲的那些故事相比，程世旭家的过去显得平淡无奇，但陶琳却对世旭生活中那些再普通不过的细节充满兴趣，比如那年夏天程世旭陪着妈妈和姨妈去中国美术馆参观的经历，为此，世旭还通过邮件给陶琳发了那次参观中妈妈和姨妈的一些照片。陶琳在好几封邮件里都一直在分析那些照片，最后终于鼓起勇气问，那些照片里到底有没有他。

那天晚上，程世旭几乎没有睡觉，一直在思考是否应该让陶琳知道自己的样子。他突然发现，活了将近四十年，他还是没法确定自己到底是不是一个英俊的男人。最后，他还是把自己的照片发给了她，但她没有回复。第二天的下午茶时间，在给让－克劳德蹭完脚后，迪迪娜如同受了惊吓一般地朝卫生间逃去，世旭在后面跟着她。她在卫生间地面的字母键盘上飞快地移动着。

"你——长——得——像——我——爸。"迪迪娜写道，还向他挤了挤眼睛。

"咱——们——用——Skype——聊——吧。"世旭说。

她同意了。尽管在北京已经是晚上了，世旭还是在电脑前等到了凌晨两点多，可陶琳一直没有出现。第二天早上，世旭发现邮箱里有一封她的邮件，他打开邮件读了起来：

"如果你再给我老婆写邮件，就会有人上门去打烂你的脸。"

世旭怔怔地盯着这封邮件，他一辈子都没收到过语气这么狠毒的信件。他不知道该不该回复，该不该为陶琳担心，还有，陶琳知不知道这封邮件的事呢。在里昂，他操控着侦图机跑下坡道，径直来到塞茜尔的房间。他打破了规矩，试图叫醒塞茜尔。塞茜尔应该是在几个小时前上床睡觉的。世旭操控着侦图机，不停地撞击着床腿。塞茜尔烦躁地在被单中间蠕动起来，抓起一个枕头扔了过来，把侦图机砸得四脚朝天、翻倒在地。大约七个小时以后，在里昂的清晨，塞茜尔才扶起侦图机，把它带到厨房，放在桌子上。然后，她一边为自己准备咖啡，一边试图跟它谈话。

"你怎么了，大块头？"她问。"我是不是得像惩罚宠物一样地惩罚你啊？你昨天晚上究竟怎么了？"

塞茜尔一个接一个地提着问题，但对于能得到什么样的回答，她似乎并不感兴趣。程世旭绝望地在桌子上转来转去，他想说："得赶紧去让－克劳德那儿！我需要他的字母键盘！陶琳遇到了很糟糕的事情！"

可他们直到下午才去了对面。当世旭紧跟在

塞茜尔身后进入让-克劳德的公寓时，他看到迪迪娜并没有像往常那样迎上来，而是走开了。世旭觉察到陶琳在躲着自己，意识到这一点比收到那封邮件更令他痛彻心扉，但尽管如此，他还是需要知道陶琳是不是一切安好。世旭重新回到塞茜尔身边，耐住性子在那里等着。姐弟俩聊了半天，让-克劳德弹了一首长长的似乎怎么也弹不完的曲子，之后便伸长双腿，叫迪迪娜过来，她有些羞怯地凑了过来。在那通蹭脚的表演结束后，程世旭想和迪迪娜一起到卫生间去，可她并没有跟上他。世旭转回去，想去推她。两个侦图机扭打在一处，迪迪娜尖叫起来，让-克劳德一下子跳了过去，生气地一把把迪迪娜从地上抓起来。然后转过身，让他姐姐做出解释。他抱着迪迪娜时根本就没什么感情，甚至都不像对待一只动物那样友好，而是把侦图机夹在胳肢窝下，就像夹着市场上买来的一个西瓜。

"我希望这玩意儿从我家滚出去。"他指着姐姐的侦图机叫道。

于是，整整一个星期，塞茜尔都一个人去对面喝茶。程世旭悲愤交加地发出尖叫声，一直不停地撞门。一位邻居有时会从自家房门走出来，敲敲塞茜尔家的大门，这时程世旭就会安静一会儿，尽量克制情绪，直到愤怒再一次升腾起来。

之后便是最后一晚的那一幕了。那是程世旭一生中最可怕的经历。那是那么的不公平，令人无法理解，他无法和任何人倾诉，哪怕是跟自己那位仍苟活于世、拿别人的不幸当乐子的老妈，他都没法提及那件事。那天晚上，塞茜尔出门了，让—克劳德用自己的钥匙打开了门，进入他姐姐家。他打开灯，东看西看，四下寻找着。他眼中的目光像鹰隼一样，脸上是程世旭以前从未见过的颇具攻击性的神情。世旭没有冲他叫唤，也没有找他要卫生间的字母键盘，而是出于本能地想躲起来。他让侦图机躲到了沙发后面。其实还有更好的藏身之地，但是他担心自己一旦移动，马达声就会暴露他的位置。

让—克劳德在起居室里寻找侦图机，他呼唤着它，没一会儿就找到了它。他用一种令人生疑的和蔼跟它打招呼，在它跟前的另一张沙发上坐了下来，把右手拎着的一个口袋放在一旁。

"我跟那位小姐的丈夫聊过了，"他说，"我们已经达成了一个共识。"

程世旭心想，他是不是在说陶琳的丈夫，但

是，让－克劳德干吗要跟那个男人联系呢？

"让我看看，唐璜先生，您在听我说话吗？"除了听他说话之外，世旭也做不了别的事，于是他便凑了过去。"我们要这么做：陶琳需要专注于她的法语课程，而我希望跟我合不来的人再也不要到我的卫生间里去了。"

程世旭还是第一次听到陶琳的名字从让－克劳德的嘴里说出来，他可是一直叫她迪迪娜的啊。"陶琳"这个名字从让－克劳德的嘴里说出来，这让世旭不由想到，没准儿他们俩也曾互相写过邮件。让－克劳德在衣兜里掏着什么东西，然后，他拿出一把螺丝刀，向他俯下身来，用一种无以复加的优雅姿态向他展示手中的螺丝刀。

"这么说，您不知道是谁从大安把这个东西寄来的喽？"他说。

他把螺丝刀放到地上，从口袋里拿出一个白色的盒子。程世旭辨认了半天，实在搞不懂那是个什么东西，这时让－克劳德打开了盒子，取出了一台侦图机。

"但咱们也不能让塞茜尔太难过了，是不是啊？"他说道。

口袋里的侦图机和程世旭的那个是一模一样

的，同样从头到脚都是紫红和松绿相间的绒毛，肚子上同样有胶印的那句话："永远铭记。艾曼纽。"尽管程世旭试图让侦图机全速逃开，但让-克劳德没费多大劲儿就抓住了它。程世旭在北京家里的电脑屏幕上，看到里昂公寓的起居室在剧烈地晃动，扬声器里传来侦图机发出的歇斯底里的尖叫声。让-克劳德跟它缠斗着，想用螺丝刀打开它的底盘。程世旭让侦图机的轮子左右转动着，但他明白自己已经无能为力了。他听到了底座被掀开的声音，还有让-克劳德装模作样的声音，在决绝地拔下侦图机的电池前，他说道：

"我们真是好爱你哟，唐璜先生。"

一秒钟以后，程世旭电脑上的控制面板消失了，一个红色对话框显示"连接终止"，后面是编号为 K7833962 的网络连接存续的时间，一共是四十六天五小时三十四分钟。

恩佐一边喝着最后那点儿咖啡，一边又查看了一遍温室。罗勒闪着水灵灵的光，恩佐摘下一片叶子闻了闻。在他查看那些植物长势的时候，侦图机并没有在他的两腿间钻来钻去，这让他觉得有些奇怪。他们俩已经一起共度了一个美好的周末，可到了星期天的下午却出了岔子，因为鼹鼠不见了，这让恩佐一下子摸不着头脑了。他在给最后那几株可以做调味料的植物浇水时就在呼唤侦图机，他叫着"鼹鼠""侦图"，还有"密斯特"。他走回房子里，在桌子底下和落地窗前都搜寻了一番。平时，要是有邻居从房前经过，侦图机就会跑到落地窗前去监视。恩佐还去扶手椅的椅腿边上找了找，那个角落恩佐很难挤进去，每当侦图机想让人打开电视、播放意大利广播电视公司的节目，它就会钻到那里去。

"您是要练练意大利语吗，密斯特？"一看到它钻到那个角落去，恩佐就会这么问它。

他会给侦图机打开电视机，调着频道寻找节目。当屏幕上终于出现屁股、乳房和吵嚷声时，侦图机就会发出咕哝声，听到它的咕哝声，恩佐就会微笑起来。

早上七点四十分的时候，卢卡凑过来亲了一下恩佐，跟他道别，开门跑了出去。通常，当他妈妈在外面摁响汽车喇叭时，孩子就只有两分钟的时间了，他要咽下最后一口牛奶，穿上鞋子，背上书包，亲一下恩佐，然后再出门去。要是孩子耽搁的时间超过两分钟，他妈妈就会过来按门铃，而这显然对任何人都没什么好处。恩佐又呼唤了一遍侦图机，可它既不在餐厅也不在房间里。恩佐担心自己的儿子是不是又把侦图机关在了什么地方，好让它没法充电。恩佐回到厨房，又去了趟温室。哪儿都没有侦图机。

前一天恩佐带着密斯特到温贝尔蒂德老城区去转了转，他没有让密斯特待在后挡风玻璃旁边，而是把它放在副驾驶的位置上，座位上还垫了两个靠垫。他给密斯特系上安全带，还用擦汽车挡风玻璃的麂皮给它擦了擦"眼睛",确保它看东西时能清清楚楚。在车上,他把罗卡塔和雷吉亚圣母教堂都指给侦图机看,他们慢慢地沿着运河和每月第一个周末开集的农贸市场转了转。他猜想,任何一个外国人可能都想要了解一下像他家乡这样的美丽小城。最后,他在回程中把车停在了加科莫·马特奥蒂广场,想去药店待一会儿,问候一下他的朋友卡洛。恩佐用左臂把鼹鼠抱在胸前,就像有时抱着装着物品的购物袋那样。

"我可真不敢相信!"看到他进来,卡洛叫道。

恩佐只好向他解释说这侦图机是他儿子的,而这一切都是他前妻和心理医生的主意。恩佐把密斯特放到柜台上,让它在卡洛的东西中间随意溜达,卡洛忍不住盯着它看。

"可那些人今天都去哪儿了?"卡洛问,"怎么总是家里的男人在遛狗呢?"

恩佐心想,"那些人"周四到周日都不在,儿子要去他妈妈那儿,剩他独自跟侦图机待在一起。但他只是笑笑,没有说话。卡洛总在药店的冷藏柜里存着一听啤酒,于是他们便一起喝了啤酒,又聊了一会儿。

在走回车子的路上,恩佐看到一个老太太正

带着一台侦图机穿过广场，她用一根皮带把那台侦图机牵在身后，时不时地停下来等它，还骂骂咧咧地、不耐烦地扯着皮带。恩佐在温贝尔蒂德早就见过不止一台侦图机了，在卢卡的学校和市政缴费处都见过，但他还是第一次意识到，有些人对于"侦图机里其实有另一个人"这一事实毫无概念，对他们来说，那些带着侦图机到处去的人可能显得怪里怪气的，甚至比那些跟宠物或植物说话的人还要疯狂。恩佐带着密斯特坐进车里，他们俩怔怔地盯着老太太和她的侦图机，而这两位正各自朝着不同的方向使劲扯着皮带。

回到家后，恩佐收拾、打扫了厨房，把起居室里卢卡扔得到处都是的东西归拢起来，拿到房间去。卢卡的房间简直就是一场灾难。恩佐并不想让孩子因为要保持房间的整洁有序而感到压力，恩佐自己的老妈就整天要他保持房间整洁，但那些喋喋不休的训导从来都没起过作用，那么这一套对卢卡来说又能起到什么作用呢？有时候，密斯特会把丢在厨房的一只袜子推到房间里去，或者带着极大的耐心，一颗一颗地找出孩子撒在家中各处的糖果，把它们堆成堆，放在更方便收拾的地方。恩佐盯着侦图机看，为它有这么高涨的热情而感到好奇。如果卢卡在家，密斯特就会跟着他到处走，虽然得跟他保持距离，小心翼翼地不惹他厌烦。它不会像对待恩佐一样去撞卢卡的腿，以此引起男孩的注意，好让他向它提问或告诉它充电器在什么地方。也许是因为它知道，卢卡要是够得着它，肯定会把它扔到一边去，再不然就会把它关到什么地方去。卢卡最习惯干的，是把侦图机放到某个靠它自己根本下不来的搁架上，一直到恩佐找到它为止。但密斯特是个忠实的"卫兵"，只有卢卡不在家的时候，它才会允许自己看看电视节目或者到窗户那儿张望来作为消遣。如果恩佐让卢卡写作业，而卢卡分神或不专心了，侦图机就会跑到恩佐那儿去打小报告。如果孩子在看电视剧的时候睡着了，侦图机也会跑到恩佐跟前去，恩佐猜出是怎么回事，便会过去抱起孩子，把他放到床上去睡。

对于自己作为合作监护人的职责，密斯特已经非常清楚了，恩佐也对此心存感激。在另一重生活里，不管是穷是富，密斯特显然是个有着大把空闲时间的人。它背后的那个人过的到底是什么样的生活呢？好像没有任何事情能让密斯特脱离与恩佐的共同生活。密斯特从早到晚都待在那儿，恩佐发现它在白天充电的次数屈指可数，而且那几次它在白天去充电完全是因为卢卡想方设法让它无法在夜里充电。密斯特已经跟他们在一起待了快两个月了。有时，密斯特会撑住纱窗，好让恩佐把垃圾拿出去，有时，在夜里，它会在恩佐的房间和走廊之间来回转悠，只为提醒他，他又一次忘了关掉外面的灯，这时，恩佐就会看着它，心中混杂着感激和遗憾。他知道这个毛绒玩偶实际上并非一只宠物，心下总是禁不住暗想，究竟是什么样的人才会如此尽心地照顾他们？可能是个鳏夫，也可能是个无所事事的退休老人，可能除了关注他们的生活，他也实在没有什么别的事情好做。

因此，昨天他们在温贝尔蒂德转完一大圈回到家后，恩佐便开了一罐啤酒，走到花园里，坐在了自己的躺椅上。密斯特围着他转悠着，这时恩佐俯下身去，好让密斯特看到自己。恩佐叫了它一声。等到密斯特来到自己跟前后，恩佐鼓起勇气问道：

"您这一天到晚地跟我们在一块儿，到底是在干什么呀？"

他俩大眼瞪小眼地盯着对方，一动不动地待

了一会儿。恩佐长长地啜饮了一口啤酒。

"您为什么要干这个呢，密斯特？您能从中得到什么呢？"

他提了好几个问题，每一个都没法用"是"或"否"来作答。恩佐明白这会让密斯特和他多么失落，但尽管如此，他又有什么别的办法呢？这可真有点儿娘们儿气，恩佐想，我竟然在这个两公斤重的塑料毛绒玩具身上投入了感情。侦图机没有动弹，没有发出咕哝声，也没有眨眼睛。这时恩佐想到了一个主意，他把啤酒放到地上，从他的躺椅上站了起来。也许是被这突然的举动吓了一跳，侦图机抬起头死死地盯着他。恩佐走进屋，过了一会儿，他又拿着纸笔走了出来。

"密斯特，"说着，他又坐到侦图机面前，在纸上写下一串数字，"给我打电话吧，"他把那张纸举到了侦图机前，"现在就给我打电话，告诉我，我能为您做些什么。"

恩佐知道他的提议有些古怪。他正在跨越界限，似乎是在为了达成自己的利益而利用儿子最好的玩具，他的前妻和那个心理医生肯定都不会同意这点的，但与此同时，恩佐又有点不敢相信，以前他怎么没有想到这么棒的主意。

侦图机

当他觉得给的时间已经足够让人记录下电话号码后，便把那张纸放到了啤酒旁边，起身去找电话。他回来时，侦图机仍然待在老地方。也许，密斯特家里只有有线电话，此时他正在用最快的速度走向电话，恩佐等着那个电话，感到异常兴奋。他心想，幸好卢卡没在家，但转念又想，事后他要不要把已经发生的和即将发生的事情告诉卢卡呢，告诉他这些事是不是一个明智的决定呢？侦图机还在恩佐跟前，一动不动，也许它背后的那位老人家正在费劲地找东西来记录，因此，他就没有精力再来操控这台侦图机了。恩佐又等了一会儿，在一片寂静中注意地听着电话的动静，同时他还得尽量克制住自己的笑意。他又等了五分钟，接着又是十五分钟、一个小时，但电话一直都没有响。最后他站起身，又去拿了一罐啤酒。回来时，他发现侦图机还待在原地没动，这下子他可真是气坏了，径直回到房子里，准备做晚饭。过了一会儿，他听到侦图机费力地打开纱门，穿过起居室的声音。恩佐转身看向走廊，看到它朝卢卡的房间那边去了。

　　"哎——！"恩佐在擦碗布上擦干双手，准备追上它。"嘿，密斯特。"

侦图机并没有朝他转过来，也没有停下来，恩佐一个人留在了起居室，想搞明白这东西到底怎么了。

那是在密斯特完全销声匿迹之前恩佐最后一次看到它。第二天，已经找得精疲力竭的恩佐又去花园和温室查看了一遍，在那里又是叫唤又是吹口哨。有时候，当他呼唤密斯特时，密斯特会发出咕哝声，咕哝个两三次，他们就能找到对方。可是这一次密斯特却杳无踪迹，这多多少少也能确证，打电话那件事真的让它不高兴了。

又过了好几个小时，出于偶然，恩佐找到了密斯特。它在挂大衣的那个小衣帽间的柜子里，很显然，是卢卡用钥匙把它锁在里面的。为了从脏衣篮里出来，它几乎耗尽了全部电量，可这个任务对于一台侦图机来说是完全不可能的，此刻，它已如同垂死般奄奄一息了，恩佐把它举到耳边，才听到它发出一声微弱的呻吟。

艾米莉亚唤醒了自己的侦图机，发现摄像头是仰倒着的。她可以看到四只光着的脚在埃娃家厨房的地上走来走去。怎么有四只光着的脚？艾米莉亚皱起眉头，瞥了一眼她的电话。尽管她不会为了这件小事就给儿子打电话，但这情形还是够让人警觉的，她最好还是确保电话就在近旁。她认出了埃娃的脚，也明白另外那两只更大、更多毛的脚属于一个男人。艾米莉亚想让侦图机动一动，但它被仰面放在了那个狗窝里。于是它叫唤起来。它并不经常叫唤，所以这声音起到了作用。埃娃朝它走了过来，把它立起来，放到地上，将摄像头调正。这下子就能看清楚好多东西了，但也证实了艾米莉亚的担心：埃娃正赤裸着身体。跟她待在一起的那个男人也一丝不挂，此时他正晃动着炉火上的平底锅，在做什么吃的。埃娃亲了一下摄像头，就朝卫生间走去了。艾米莉亚迟疑了一会儿，通常她都会跟着埃娃过去，埃娃从来都不关门，侦图机就在卫生间门口等着她，后背规规矩矩地靠在走廊的墙壁上。但现在家里有了个男人。如果离开厨房，让那个"闯入者"自己待在那里，会不会很危险？在去卫生间的时候，埃娃是不是希望她的小兔子留心这里的动静呢？艾米莉亚让侦图机待在走廊上，就在厨房门边，张望着厨房。那个男人打开了冰箱门，拿出三个鸡蛋，把它们敲开，摊到平底锅上，然后，他又将蛋壳放到桌上。垃圾桶就在离他几厘米的地方，可能他并不知道那是垃圾桶。那个男人晃动着平底锅，微微歪着头，就像正在按照某种技术要领行事，接着，他打了一个嗝。那是一种干巴巴的、轻微的声音，埃娃在卫生间应该很难听得见。然后他又打开冰箱，嘴里抱怨着什么。艾米莉亚觉得这人说的是德语，但她对此并不确定，因为翻译软件对这个男人似乎根本不起作用。这时那男人转身朝着起居室走去。他那黑乎乎的、多毛的阳具就悬在两腿之间，还能在哪儿呢，艾米莉亚几乎都忘了还有这档子事儿了，她不由得从自己的柳条椅上跳了起来。现在她也急着要去一趟卫生间，但她不想留埃娃一个人和那个男人在一起，她现在可不能离开。她现在也不能移动侦图机，因为她不确定那个男人是在朝起居室还是在朝她看，虽然想赶紧躲起来，但她明白，逃跑反而更有可能暴露。艾米莉亚还是铤而走险了。她坐回到椅子上，让侦图机后退了几厘米。当那个男人将目光转向她时，她立刻明白自己犯了个错误。男人朝她这边走来，艾米莉亚让侦图机转过身，想全速退到走廊上，再朝卫生间疾驰而去。她听到了背后的脚步声，想让侦图机再跑快一点，便使劲按着键盘的按键，手指都按疼了，但侦图机已经没法跑得更快了。那个男人的脚步声听起来已经很近，艾米莉亚屏住了呼吸。她已经到了走廊，正朝着卫生间跑，可在她还远未看到埃娃之前，就被人从地上拿了起来。她让侦图机尖叫起来。她看到走廊天花板上有一个她之前从未注意过的天窗，接着，她看到了那个男人的脸，在电脑屏幕上显得格外大，两三天都没刮的胡子，还有出现在她眼前的那双大得过分又太过明亮的眼睛。那双眼睛带着些许疯狂，正在搜寻着她。现在屏幕上只能看到一只眼睛了，就像一个巨人侵占了她的家，在她的电脑上发现了一个窟窿，正透过那个窟窿盯着她看。那人已经发现她了。他说了一个在艾米莉亚听来像是粗话的词，不过翻译软件没能把这个词翻译出来。艾米莉亚放开鼠标，用两只手将睡衣裹紧。这时，她听到了一个令人绝望的声音：那是淋浴的声音。埃娃已经打开了淋浴花洒。这个独自居住的、看起来身边没有任何成年人的小姑娘，居然把一个男人带回了家，还在自己洗澡的时候，任由那男人在家里到处转悠。身在自己家中的艾米莉亚又站了起来。她怒火中烧，没法从电脑前离开。被举在空中的侦图机也在不停地扭动着，男人带着它回到了起居室。

他把侦图机放到桌子上，俯下身来看它。等他直起身子时，他的下体占据了艾米莉亚的整个电脑屏幕，可他那东西跟艾米莉亚丈夫那苍白而疲软的"小弟弟"一点都不一样。这男人跟她说起了德语，而他的那玩意儿就那么"盯"着她。也许所有的男性生殖器都是只"讲"德语的，所以她一直都没法完全理解她的奥斯瓦尔多[*]。她任

---

[*] Osvaldo，或许是艾米莉亚丈夫的名字。

由笑容浮现出来，突然觉得自己可真是够现代的，一股自豪感因此油然而生，她操控着侦图机，带着自嘲的心情，将那些有关自己最大失败的记忆都抛到脑后，关注着那个她已经可以脸不红心不跳地盯着看的德国大号"小弟弟"。这个故事真值得她在周二游完泳后跟闺密们讲一讲，她甚至考虑要截个屏。这时，她在自己"机主"的桌子上转了一圈，却看到了让她笑不出来的事情。那个男人正在翻埃娃的背包。他掏出皮夹子，打开后看了看里面的证件和银行卡，又数了数里面的钱，然后拿出了一沓钞票。艾米莉亚发出了尖叫声，并为这是此时自己唯一能做的事情而懊恼不已。那个男的一把抓起了她，可她挣脱了，等那人试图再过来抓她时，她开始绕着圈子跑，像只真正的母鸡一样高声叫着。可这个伎俩只持续了几秒钟，那个人马上就又把她抓起来，并把她带到了厨房。一路上的晃动让她头晕眼花，等到停下来，她才发现这个德国人正要把她塞到水龙头下。有那么一刻，她看到了鸡蛋壳，还有滴落在干净的灶台上的蛋清黏液。从水龙头里流出大股的水流。艾米莉亚突然想到，如果侦图机被弄湿，内部的零件有可能会失灵。她再次尖叫起来，却只听到水流冲到她头上时空洞的声音。她又叫起来，难道这个粗鲁的肥肉男真的要把她踢出局吗？她竭尽全力猛地一挣，跌落到水槽里。那家伙又来抓她。

"有我的鸡蛋吗？"

就在他的手又一次按住侦图机时，埃娃那温柔清新的声音突然传来。男人解释了一句，埃娃一边心不在焉地听着，一边用毛巾擦拭湿漉漉的头发。然后，埃娃安慰那家伙说，侦图机其实不需要清洁，她有时候也会给它上上润滑油，但最重要的是别把它的眼睛弄坏。

"眼睛那里有摄像头。"埃娃说着，抱起了她的小兔子。

艾米莉亚在心里反复回味着埃娃刚才的话，她提到了"摄像头"，那就是在说艾米莉亚，这可是头一回。这说明在这个小兔子里面存在着埃娃喜欢并愿意照料的某个人。对艾米莉亚来说，和德国男人的"小弟弟"相比，这个令人幸福的真相更具冲击力。真是个了不起的日子啊，艾米莉亚想。埃娃把侦图机放回到地上，走开了。她的下身还是光着的，但艾米莉亚觉得自己比以往更爱这个小姑娘。现在她们俩对彼此都很重要，这一点已经成为事实。艾米莉亚跟着埃娃去了起居室，埃娃那赤裸、紧致而完美的臀部让艾米莉亚沉浸在柔情之中，在她儿子小时候，她也曾多次体会到这种柔情。埃娃躺倒在沙发上，艾米莉亚轻轻撞着她的脚尖，让女孩把自己拿起来，面朝厨房，放到她身边。男人端着盛食物的盘子走过来，问了一句话，也许是"要不要把盐和胡椒拿过来"？艾米莉亚听不懂他的话，只能通过埃娃的回答来推测，对呀，埃娃说，当然了，那小兔子里面有一个人。那个男人收起了笑容，从厨房那边凝视着艾米莉亚的眼睛。

马尔文关上了书房的门，打开平板电脑，放在书本上面。他已经不用时刻摊开练习本，手握一支笔，以便在老爸进来时用书本遮住平板电脑的屏幕。自从说好马尔文每天在书房里学习三小时，不管是他爸爸还是女管家，根本就没再费神踏进这房间来管他。晚餐时，爸爸会问问他情况如何，分数是不是都还行。三个星期后才会下发的分数估计会很吓人，但到了那时候，马尔文就不再只是一个拥有一条龙的男孩，而是一条有着男孩内心的龙了。分数什么的，都是小事一桩。

　　那位女"机主"履行了诺言，把他留在了门廊的楼梯下，放在充电座上。马尔文看着她离开，现在该他去操控侦图机了。他让小龙从充电器上下来，沿着门廊行进，径直走到人行道边。街上一个人都没有。他贴着墙边，又朝远离电器商店的方向挪了几米。这个镇子看上去比他之前想象的要小得多。马尔文本来以为马路沿儿会是个问题，但这里的街道和人行道几乎没有高度差，所以他几乎没有任何迟疑就从人行道上走了下来。周围的楼房都只有两三层高，与安提瓜的房子相比，这里的建筑看起来质量更好，也更现代，但却都是四四方方的，结构也更简单。在过马路前，马尔文转向了左边，没有车开过来，这时，他发现了大海。大海？与大海相比，或至少与他去过的大海相比，他现在看到的东西实在太过奇特。那是一面闪闪发亮的绿色镜子，镶在白雪皑皑的山脉形成的框子里。马尔文在那儿待了一会儿，就那么凝望着。镇子上那些柔和的金色灯光沿着海岸错落铺展，一直向着山脚延伸过去。

一辆货车在距离侦图机很近的地方拐了个弯，马尔文猛地回过神来。他穿到了街对面，顺着下坡朝港口的方向走去。马尔文此时想做的，是到达有雪的地方，如果有人提出可以满足他一个心愿，他要说的肯定就是这个愿望。可是一台侦图机没法在雪地中跋涉，尽管那些山看起来挺近，但他清楚，它们都在好几公里以外。他走上了朝右去的一条坡道，几米之外便是沙滩了，那里有蜗牛和各种各样的小石子，可马尔文没法让侦图机抓起任何东西，这让他觉得十分遗憾。他倒是很想找件东西当作谢礼给那位老妇人带回去，来答谢她给的自由。对面的人行道上，一家酒吧的门被打开了，两个男人互相搀扶着，唱着歌走了出来。马尔文待在那儿没动，直到那两人已经走得够远才跟了过去，与他们一直隔着几十米的距离，这时有人把他拿了起来。这个人抓起他的动作非常迅捷，出人意料。马尔文转动着小龙的轮子，想朝两边转动身体。一个男人在跟他讲话，但电脑并没有翻译。他想起了老妇人贴在他身上的那张标签，那人现在是在读标签上的字吗？镜头里的港口是上下颠倒着的，突然，一切都成了漆黑的一团。似乎是有人把他塞进了背包，然后这个人走了起来。他只能等着。就算待会儿人家把他放了，或者他得以逃脱，他也不知道该怎么回到电器店，他肯定要彻底迷路了。

　　马尔文试图镇定下来，告诉自己反正现在什么都做不了。这时有人喊他去吃饭了。自打开始玩侦图机，他破天荒地想随身带上他的平板电脑。这么做其实很冒险。他可以把电脑夹在某个本子里带到房间去，晚饭后，等家里所有灯都熄了，再重新连接小龙。但是他老爸在上床睡觉前会来书房，而且一定要看到马尔文的平板电脑已经关了，跟书本放在一起。书房是唯一一个马尔文被允许使用平板电脑的地方。

"欢迎来到天堂。"这时，他听到有人说。

有人在跟他说英语。光明重现，镜头里亮得什么都看不见，过了一会儿，一派与港口完全不同的景象显现出来。小龙又被放到地上了。这是一个宽敞的房间，地面是木头的，好像是一个舞厅或体操房，马尔文估摸着，这么一间大厅，他爸爸的那三辆汽车全都停得进来。他转过身来，发现自己面前正站着一台侦图机。那是个鼹鼠造型的侦图机，有那么一会儿，马尔文完全没搞清楚状况。他甚至在想，倒映出他是条小龙的那面镜子没准是那个老妇人的圈套，现在这只鼹鼠才是他真正的映象。这时，他面前的那台侦图机发出了一声尖叫，跑开了。随后，另一台兔子造型的侦图机来到他身边，轻轻碰了他一下，然后就定定地盯着他看。有两条腿一直在几台侦图机中间走来走去，终于，那腿弯了下来，马尔文一眼认出了那个戴戒指的男孩，那个在电器店的橱窗上写下"解放侦图机！"的男孩。此时，他披散着头发，穿着 T 恤衫，看起来跟他穿着外套时的样子很不一样。

"咱们能讲英语吗？"男孩问他。

马尔文听懂了，他当然能听懂，可即便如此，他又该怎么回答对方呢？

这时，在另一个世界里，马尔文的爸爸在喊他的名字，提醒马尔文这已经是第二次叫他去吃晚饭了。

"是不是我得亲自上去啊……！"爸爸嚷道。

他已经上楼来了。他的脚步在楼梯上发出嘎吱嘎吱的声音。马尔文关闭了侦图机的界面，又关上了平板电脑。他合上书，把东西按照他爸爸希望看到的顺序排放整齐。

马尔文和爸爸在餐厅吃晚饭，收音机开着。只有他们俩吃饭，桌子显得太大，女管家便在桌子一角放了一块叠起来的桌布，还在桌子两端各准备了一个餐位，说这样可以让父子俩更亲密，因为在餐桌上，一个就餐者应该把面包递给另一个就餐者，这可是非常重要的。但马尔文每晚坐在餐桌旁，能听到的只有电台广播，而且他这辈子都没看到爸爸给任何人递过面包。

吃完饭后，爸爸上楼到书房去接一个电话。直到这时，马尔文才想到了电池的问题。之前他每次都会先把侦图机安顿到充电座上，再关掉界面，这次侦图机已经转悠了很长时间，消耗的电量比平时要多得多。他意识到，要是在他重新连接他的小龙之前没有人给它充电，那他就有可能再也没法启动小龙了。

　　"马尔文，你还好吧？"女管家一边收拾盘子一边问他。

　　在返回自己房间的途中，马尔文在书房门口待了一会儿，从半开的门缝偷看他爸爸，小心翼翼地不让自己被看到。马尔文的爸爸正俯身看一些文件，胳膊肘撑在桌上，两个拳头支着脑袋。平板电脑就在旁边，他点了一下，搁在一摞书上的电脑便开始显示开机的界面了。

格里戈尔已经卖出二十三个"预设侦图机连接"了，他在商品分类中就是这么称呼它们的。有几个连接在建立后不到二十四小时就卖出去了。交完货的那些连接他就都卸载了，现在还剩五十三个开放的连接。格里戈尔将这些连接的特征都发布了，其中包括的信息有：城市、社会领域、"机主"年龄、周边的活动。他会截一些屏，再挑几张没有"机主"露面的图片上传，他以这种方式尽可能忠实地反映出每个连接所能提供的经历和感受。

　　格里戈尔的老爸敲了敲门，尽量悄无声息地走了进来，把一杯酸奶和一个勺子放在写字台上，然后就出去了。等到格里戈尔说谢谢的时候，他老爸已经不在那儿了。也许是酸奶的配方改善了，

　　　　　　　　　　　　　　　　　侦图机

也许是因为他确实好几个小时都没吃东西，格里戈尔几勺便吞下了整杯酸奶。一切都发展得太快了，格里戈尔觉得自己的买卖干不了多久，马上就该有法令出台，这个法律漏洞马上就要被堵上了。但是"B计划"运作得实在是太棒了，如果能再干上几个月，格里戈尔就能攒下一大笔钱。

代码卡在网上就能买到，买好后下载电子版就可以，但是每个连接都需要一台新的平板电脑，因为侦图机一旦被安装在一个设备上，就不能再被转移到其他设备上了，所以格里戈尔一个星期平均要购买五台平板电脑，而且，为了不引起怀疑，他得在城里不同的商店购买。到了最后，代码卡卖得跟侦图机一样贵了，连买平板电脑都比买代码卡便宜。代码的价格为什么一直在涨？这就是市场自己的调节吗？有兴趣侦窥别人生活的家伙真的比喜欢被人看的家伙多吗？根本没必要费劲去学什么市场学，只需要借助一点常识，格里戈尔就能得出自己的结论。选择当"机主"还是当"机控"，它们各自的好处、坏处还都说不清楚，但显然没几个人愿意将自己的隐私暴露在陌生人面前，大家都还是更喜欢看热闹。购买侦图机是得到一个看得见、摸得着、真的要在家里占地儿的物件，就像在市场中购买一个家用机器人；而购买一个连接代码，却是花上一笔不菲的费用去换取十八位数字，就像人们都喜欢从精致的礼品盒里拿出新买的东西一样。这样的价格双轨制会让市场需求在一段时间内保持一定的均衡，但格里戈尔却觉得，这种平衡迟早会向连接代码这边倾斜。

来了一条新的订货信息。有人刚刚购买了他在加尔各答的一个侦图机连接，那台侦图机属于一个生活在印度规模最大的唐人街上的小女孩："平民家庭。父母大多数时间都不在家。三个子女，年龄四至七岁。三种环境。侦图机每天外出，去一家幼儿园。每晚在小女孩床边充电。"购买连接的客户从署名看是位女士，她还在最后写了一条让格里戈尔觉得过于富有个人感情色彩的附言。"这更像是拥有了一个女儿，"她写道，"整个余生我都会为此感激您。"通常情况下，格里戈尔宁愿对那些购买他连接的人一无所知。他一般都在确认钱已到账后将平板电脑充满电，关机，放进盒子，挂号寄往客户指定的地点。

有时，格里戈尔觉得自己的房间就像一个在世界各地安置了很多眼睛的全景视窗。实际上，他的书桌还不够大，而且，他只有两只手，最多只能让六七台侦图机同时处于启动状态。得让侦图机们在不同的地方活动，有时得给它们充电，还得让它们跟机主们多少互动一下，而那些"机主"通常都已经等了好几个小时，就等他们的侦图机醒过来，做些逗乐的傻事儿。格里戈尔还买了几个带三脚架的摄像机，以分类的方式来拍摄几个侦图机连接。在花这笔钱之前，他考虑了很久，心想自己没去买解码器来保存数字图像，只是用摄像机来录制屏幕上的图像，会不会有点儿太原始了。但他很快就发现这些视频是多么的有用，分类的文件标签让那些录像有了家庭生活的色彩，让它们显得更加真实可信。除了视频，客户们还能看到他们将要购买的那台独一无二的平板电脑，还有时不时会进入镜头的格里戈尔的双手，这些都使整个交易变得透明。这就像是去买一只宠物幼崽时可以了解到在买之前是谁在照顾它，对它有多好。每当格里戈尔将某台侦图机的三四个视频上传到分类文件夹里，这个侦图机连接就能在当天被卖掉。

每天下午，格里戈尔的老爸都会坐在床上，皱着眉头盯着那些平板的屏幕看。格里戈尔本来想让老爸管理一些连接，因为要是没人帮忙，他可没法再增加连接的数量了，但老爸似乎连这个"游戏"到底是什么都还没搞清楚。虽然格里戈尔也想过叫个朋友来一起干，但他也没有什么真正可以信任的人。市场上还有别人跟他一样在干这一行，有些人的销量比他高得多，他就在想，人家到底是怎么做到的呢，是不是还有一些他没注意到的法律漏洞呢？

此外，还出了件让人不痛快的事儿，那事儿格里戈尔实在不愿意去想，可它就是盘桓在他脑子里，久久不去。格里戈尔本以为在海滩上办生日会的那位富家少爷住在古巴的米拉马尔，但实际上他住在卡塔赫纳*，而且那个男孩对侦图机根本就不在意。那台侦图机的充电器被放在厨房，那厨房足有格里戈尔和老爸合住的这整套公寓那么大。白天会有穿着用人制服的两女一男在房子里走来走去，而孩子的父母则是见面就吵，就那么当着儿子和用人的面大吵特吵。房子里还住着一个男人，好像是孩子的叔叔，有时候他会把侦图机挪到一些让人意想不到的地方去。他把侦图

---

* 卡塔赫纳（Cartagena de Indias），位于哥伦比亚西北部加勒比海沿岸的一座海港城市。

机藏在孩子父母的房间里，尽量让它待在一个没法出来的地方，这样，只有当夫妻俩打架随手抄起东西扔出去时，才会突然发现这台侦图机，两人中的一人便让它从房间里咕噜噜地滚出去。一天下午，孩子的叔叔又将侦图机拿到了夫妻俩的房间里，就放在卫生间放毛巾的架子上。从高高的架子边缘，格里戈尔看到孩子的妈妈赤裸着身体在淋浴间进出、擦干身体、坐在抽水马桶上，一边用一把镊子揪掉膝盖上的毛，一边还在小便。这一切都让人很不舒服。但那件事让人特别难受，以至于在格里戈尔的脑海中久久不能消散，那可比这场景糟糕得多，简直令他惊惧不已。

当时正是下午，那位叔叔正从起居室那儿呼唤着侦图机。格里戈尔想躲起来，但却没来得及，那个人走到他旁边，把他拿起来，给他盖上一块像是绷带的东西。虽然他看不见了，但却还能听得见。于是格里戈尔猜测他们离开了家，上了一辆汽车。汽车行驶了大约四十或五十分钟。格里戈尔利用这段时间操控了一下其他侦图机，同时也时刻关注着这边的情况。汽车行驶在一条碎石路上，过了一会儿，发动机熄火了，格里戈尔听到几只狗的吠叫声。一扇门打开又关上了。根据从绷带透进来的光线变化，他推测他们停在了一片开阔地上，他正被人带下汽车。他听到远处有牛在哞哞地叫。他们走了好一会儿，大约七八分钟的样子。一种奇怪的声音正一点一点变得越来越响。一扇大门被打开，接着又被关上。此时那声音完全变了样。格里戈尔花了好长时间也没听明白，那声音应该是由一个熙熙攘攘的群体发出的，尖厉得震耳欲聋。等那个人将绷带取下，他才意识到自己身处一个带栅栏的巨大笼箱中。他够不着地面，正"飘浮"在一大群拼命伸长脖子呼吸的小鸡中间。小鸡们互相踩踏，互相啄咬，因窒息和恐惧而高声尖叫，它们在他身上不停地啄着。这里并非只有一个带栅栏的箱子，而是有好几百个，一排一排地排列着。那些小鸡都高声叫着，它们都已经被断喙*，伤口就那么敞着。它们的羽毛形成了一片厚厚的云，在巨大拱式建筑的铁皮天花板和鸡笼之间的通道上方飞舞。格里戈尔看到自己操控的侦图机那灰色的化纤绒毛也夹杂在黄色的羽毛中间飞舞。鸡群中的一只突然开始疯狂地啄击侦图机的摄像头，一切都发生得

---

* 断喙，家禽密集饲养管理体系中经常采取的手段，将家禽幼雏的喙以特定方式切断，以防止幼雏浪费饲料和相互啄羽、啄趾。

侦图机

太快了，格里戈尔也搞不清那只鸡到底是从对面、上面还是下面发起的攻击。那只小鸡刚刚失去自己的喙，在它歇斯底里地试图自卫的同时，它的血溅满了摄像机的镜头。又是一声凄厉的尖叫，让格里戈尔瞬间凝滞，从他书房的音箱中传来的刺耳声响传递出一种令人无法忍受的恐惧，格里戈尔一把将音频线扯了下来，关闭了电脑。K52220980号连接又持续了差不多二十七秒。然后，格里戈尔将这个连接的广告从分类文件夹中去除，为那台平板电脑重装了操作系统。他要把它用于另一个连接。

克劳迪奥好不容易到了布宜诺斯艾利斯，却得知大伯已经说不出话了。在公寓门口，一位护士给他开了门，周到地接过他的大衣，还问他旅途是否顺利，去看大伯之前要不要先喝杯茶。克劳迪奥接受了这个建议。在飞机上，他有好多次都在想象自己会直接冲进房间，给他的大伯一个大大的拥抱——他不想显得多愁善感，而是要采取以前他跟大伯交流时常用的那种黑色幽默的表达方式——可此时，护士将一杯茶递到他手里，还示意他坐到椅子上，要跟他说明一下情况：他听到的从隔壁房间传来的声音并不是鼾声，现在，大伯要想喘上气儿，就只能发出这样的声音了。他的身体已经太僵硬了，一想到"僵硬"这个词，克劳迪奥竟感到自己的身体也僵硬了起来。但随后他又想到："大伯还醒着，他正听着我们的这场对话呢。"

克劳迪奥看到，在护士坐的那把椅子后的地板上放着一个充电器。看起来很像他的电咖啡壶的圆形基座，那个电咖啡壶还是他刚到特拉维夫*时买的。他还记得那是在大约三个月以前，就在他买咖啡壶的那家商店里，在一位女店员的再三推荐下，他还给大伯买了一台侦图机，并托一个熟人捎给了他。从那时起，他就没再跟大伯通过话了。

护士继续讲着。

"我觉得他挨不过今天晚上了，"她说着，看了看手表，"还有二十分钟我就该交班了，在此之前我需要跟你解释一些事情。"

克劳迪奥把茶放到了桌子上。

护士向他说明吗啡在什么地方，并告诉他该怎么注射，还把自己的联系方式和紧急联系电话都给了克劳迪奥，以防意外发生，同时，她还非常委婉地暗示克劳迪奥，现在也是时候让大伯离开了。然后，护士把克劳迪奥爸爸留下的一个信

---

* 特拉维夫（Tel Aviv），以色列第二大城市，以此为中心的城市群为以色列的经济枢纽。

封交给了他。克劳迪奥的爸爸上星期也到过布宜诺斯艾利斯，来跟自己的哥哥道别。

"你父亲说这是办葬礼时需要的所有东西。"

直到这时，克劳迪奥才明白，现在，轮到他来做这件事了。那个在机场时就已经埋伏在他身体里，堵在他喉咙和胸口之间的无形的硬结简直要让他窒息了。他吸了口气然后憋住，心想，等会儿再处理这硬结的事吧。

女护士离开了，克劳迪奥又在起居室中间站了一会儿。他发现，现在跑到另一个房间去拥抱大伯已经不再那么容易了。他听着大伯发出的鼾声或呼吸声，一旦知道了那声音意味着什么，他就很难再忍受它了。那声音有时会变得急促，有时又因缺乏空气而减弱。

另一种声音让克劳迪奥分了神，他没有去大伯的房间，而是走向厨房。护士好像开着什么机器忘记关上了。他向厨房探身打量。那是一种轻微的、断断续续的声音。当他看到一台侦图机，便什么都明白了。在特拉维夫也有人带着侦图机满大街逛，但克劳迪奥还从未注意过侦图机在移动时会发出什么声音。此时，这台侦图机正躲在一张小小的早餐桌下。克劳迪奥弯下腰，打着响指叫它，但侦图机没有靠近他，反而躲到了桌子的另一边。它两个后轮之间的显示灯已经变成了红色，但这台侦图机看起来却根本不想到它的充电座那儿去，而是一头钻到厨房另一边的角落里。克劳迪奥觉得很奇怪，但关于这些毛绒玩偶，他又知道些什么呢？他又朝侦图机走过去，那侦图机已经无路可逃，只得一动不动地看着他。他用手指摸了摸，在它的脑门儿上轻轻拍了几下。克劳迪奥从来没有如此专注地看过一台侦图机，他想，如果魏茨曼研究所*教纳米技术的那些老师们得知他居然因一时的柔情和愁绪而给自己的伯伯送了这么个东西，不知道会怎么想。

他回到了起居室，大伯的呼吸声迫使他走向落地窗，到外面的阳台上去待一会儿。这会儿，那嘶哑的呼吸声正从房间的窗户里传来。两道宽宽的木板条被充作阳台的围栏，木板离地面还有一段距离，克劳迪奥靠在围栏边，将两只鞋的鞋尖从围栏下边的空当里伸了出来。那是他从童年起就经常在这阳台上做的事情。卡比尔多大街上

---

* 即魏茨曼科学研究所，位于以色列雷霍沃特的一间大学及研究机构。1934 年由后来成为以色列首位总统的哈伊姆·魏茨曼创建。

的车辆和人流都在等待着交通信号灯。之前，克劳迪奥一直很想念布宜诺斯艾利斯，但此时他身在这里，却开始想念他现今居住的那座城市。根据谷歌地图，他现在居住的地方距离他出生的那所房子足足有11924公里，但他童年的那座居所早在多年前就已经不在了。

他有些不情愿地回到了起居室。一旦回到起居室，他就找不到什么理由再耽搁了，因此他探身进入了大伯的房间。大伯的身上盖着毯子，毯子被细心地拉到他的胸口处。他的头以一种比较怪异的方式向后仰着，那鼾声便由此而来。克劳迪奥在门口待了一会儿，为自己居然能悄然无声地呼吸而感到讶异。终于，他向床迈出了一步。

"你好。"克劳迪奥说道。

他说"你好"是因为他觉得大伯听不到他说话。可这时，大伯的右手朝着他抬了起来，手掌张着，以此来跟他打招呼。克劳迪奥咽了一下口水，拉过一把椅子，在大伯身边坐了下来。

"我喜欢你的侦图机。"克劳迪奥说。

而大伯却做了个以他的身体状态显然无法完成的举动，他举起了双手，将它们朝窗户的方向伸了过去。那张瘦削的脸庞上居然显现出了一丝

　　　　　　　　　　　侦图机

鬼脸般的表情，然后，那两只手垂了下来，颓然落回到身体两侧。

"你需要再打点儿吗啡吗？"

这大概是克劳迪奥一生中头一回提到"吗啡"这个词。大伯既没表示同意也没表示拒绝，但通过呼噜声，克劳迪奥知道他还活着。他为什么要如此拼命地指着那扇窗子呢？克劳迪奥坐在椅子上，朝四周看了看。如今，在那些大伯原先习惯堆放书籍和乐谱的架子、凳子和桌子上，放满了药瓶、药片、药棉和纸尿裤。在床头桌上，就在大伯的枕头边，放着唯一一件个人用品，那是一个差不多手掌大小的金属盒子。克劳迪奥不记得以前见过这个盒子，他觉得像是中东某地的旅游纪念品，大伯以前一直很想去那些富有异域风情的地方。克劳迪奥很想把那个盒子拿起来看看，但又不想让大伯不安心，便没去拿。他在那儿坐了差不多二十分钟，闻着自己身上散发出的飞机餐的气味。

这时，大伯停止了呼吸，在床的另一头，他抻直了双脚的脚趾。克劳迪奥一下子站了起来，从床边离开。有那么一会儿，他们两个人都一动不动。随后，周围的寂静让克劳迪奥镇定了下来，他又能渐渐感觉到楼下大街上的喧哗声了。克劳迪奥给殡仪馆打了个电话，当天下午，他们会派医生过来开具死亡证明，晚上再来人拉遗体。克劳迪奥又走近床边，用床单将尸体盖严实。很奇怪，他明明知道大伯的死会让他痛苦，但此时却什么都感觉不到。

他拿起那个金属小盒子，把它打开。他模模糊糊地听到侦图机在厨房里转来转去的马达声。盒子里是些手写的信件，用的好像是阿拉伯语，也可能是希伯来语，其实克劳迪奥根本分不清这两种语言。大伯的名字时不时地出现在字里行间，这几个字是用克劳迪奥认识的字母写的。盒子里面还有一个小小的塑料指环，就是生日大礼包里会赠送的那种，这一个还是断掉的。在信件之后，克劳迪奥发现了一些照片，照片上是一个十二岁上下的男孩。这些应该都是他十二岁左右的照片，拍照的地点好像都在他的房间或他家的院子里，都像是最近才拍的。这是个长相俊秀的孩子，脸圆圆的，肤色黝黑。在每张照片里都对着镜头举起一样东西——克劳迪奥逐渐明白过来，那些东西都是大伯寄给他的。在最后一张照片上，孩子睁大的双眼闪耀着幸福的光芒，他的父母站在他的两边，以有些搞笑的方式抬着大伯的雅马哈电子琴，而孩子则在键盘前做出正在激情飞扬地弹奏的样子。

克劳迪奥又一次感觉到了那个梗在他喉咙的无形的硬结。他放下盒子，走出房间。他需要呼吸，于是，他穿过起居室，回到阳台上。他靠在阳台围栏上，眼神虚空地看着大街上的那些汽车，感到胸闷难耐。直到他把视线停留在街上一处交通堵塞的地方时，他才看到了那台侦图机。克劳迪奥好一会儿都没搞清楚到底发生了什么，最后他终于确信无疑地明白过来：那台侦图机从十一楼跳了下去，在靠近马路边沿的地面上摔得粉碎。有两位女士正在向汽车做着手势，让它们不要轧到侦图机的"残骸"，她们还试图将那些零件收拢起来，旁边几个行人正心惊胆战地看着。编号K94142178 的连接建立后共维持了八十四天七小时两分十三秒。

阿丽娜早已习惯了山德士上校跟着她在房间里四处活动时发出的轻微声响。有时赶上她兴致好，他们俩便一起到图书馆去。最近一个星期，阿丽娜甚至让侦图机跟着她到朝向群山的平台上去，她常躺在那儿的躺椅上晒太阳。去那儿的路线都不太长，路上也没有台阶，而阿丽娜也乐得让侦图机自己行动，跟在她身后，自个儿体会它成功争取来的独立。有时，阿丽娜能听到侦图机钻到躺椅下，也许是因为阳光导致镜头出现眩光，让操控侦图机的那个"无名氏"看不清了。阿丽娜很喜欢侦图机到她的影子下去寻求庇护。她得承认，自己尤其喜欢侦图机在那儿等着她的那种感觉，她也喜欢听侦图机随着阳光移动发出的嗡嗡的马达声。侦图机的这种努力让她感到放松。

"你过得好吗，小丫头？"那天早晨，她妈妈这样问她。

那是妈妈在阿丽娜搬到奥阿克萨卡后第一次给她打电话，她告诉阿丽娜自己已经读过她的邮件了，而且，她有一种很奇怪的感觉。阿丽娜安慰她，说自己挺好的，一切都好极了。斯温也很好，对，对，展览就在三个星期以后。

"小家伙怎么样啊？"

她妈妈总是会问起她的宠物，特别是她已经没有什么别的好讲的时候。

"那小家伙完全不用人伺候吧？"有一次，她这么问阿丽娜。

她是指要给它喂食喂水？给它剪趾甲？还是指带它出去尿尿？

"妈，那就是一部带腿的电话。"

"那这家伙又能做些什么呢？"

阿丽娜给她解释了侦图机到底是什么，在第一次建立连接时 IMEI 码是怎么和一个特定的用户绑定的，绑定后这个与唯一"机主"的连接为什么就再也不会断开了。妈妈听后半天没说话，所以阿丽娜就想再解释得清楚一点：

"IMEI 就是一个身份识别码，任何一部手机都有。你的手机也有。"

"这个号码得我自己来选吗？我不记得我给我的手机选过什么号码。"

"无所谓啦，老妈。"阿丽娜说道，有些不耐烦。

"那我干吗不买个侦图机，再把它寄到你那儿去呢？那也许会很棒，对不对？这样我们就能在一块儿多待些时间了。"

"要跟谁连接是不能选择的，老妈。这才是它有趣的地方。"

"那这玩意儿又有什么用啊？"

"哎呀，老妈！"阿丽娜叫道，尽管她在心里也不由得掂量了一下这番话。

她几乎每天早上跑完步、洗过澡后都会去图书馆。午餐时，她会一边吃饭一边回复邮件或浏览新闻。在上床去躺一会儿之前，她都得在那间小厨房里洗洗涮涮，这时，山德士上校就会轻轻碰碰她的双脚，然后抬起头来看着她，轻声发出带有金属质感的呼叫。这举动显得既滑稽又沮丧，让人轻易就能明白，那位"无名氏"此时正迫切地渴求再获得一些关注。侦图机是想让阿丽娜向它提问，希望他们之间能有一种交流的方式，希望阿丽娜能倾听它说的话，希望有人能为它提供一切"服务"。可是阿丽娜才不会让它如愿呢。由于没有沟通的方法，侦图机只能屈尊当一只宠物，而阿丽娜也固守着这条底线。此时，阿丽娜关上水龙头，想去拿个橘子吃，却发现已经没有橘子了。只要到楼下的杂货店去买就行。她整理好衣服，把纸张都收拾起来，注意着走路时不要跟侦图机撞上。就在前一天，她一不留神，一脚把侦图机踢得直在地上打滚儿，塑料的乌鸦嘴也掉了。她把侦图机扶起来，重新把它直立着放好。侦图机一动不动地待了好一会儿，那已经不是它第一次摆出一副受委屈的模样了。要是之前阿丽娜能更透彻地了解侦图机到底是什么，那么她就不会去买台侦图机来当"机主"，而是会去当那个操控侦图机的"机控"，后者对她而言无疑是更好的选择。既然她最终并没有选择跟父母、兄弟姐妹甚或是宠物一起生活，那她又何必要去选择是当"机主"还是"机控"呢？有人付了钱，就为了让别人像条狗一样地整天跟着他，就为了让一个真实的人乞求自己瞧上一眼。阿丽娜关上抽屉，躺倒在床上。她听到侦图机的马达声在靠近，便带着吃饱喝足后的怠惰懒洋洋地垂下了手。侦图机轻轻推着她的手掌，阿丽娜感觉到那毛茸茸的身体正蹭着她的指尖。她摸到了之前安装着鼻子的那个窟窿，用指甲抠了抠。随后她又把胳膊也垂了下去，侦图机轻柔地围着她的手打转儿，就像是在想办法让自己被抚摸一番。阿丽娜想，做个"机控"也不是件容易的事。如果说在网络上匿名对任何用户来说都是最大的自由——事实上，这已经成了一个几乎不可企望的条件——那么，成为另一个人生活中的匿名者又会是一种怎样的感觉呢？

之后，阿丽娜和侦图机一起去了天台。阿丽娜靠在躺椅上，晒着太阳看了会儿书，然后她把书放在地上，脱掉罩衫，穿着比基尼趴了下来。山德士上校从躺椅下面钻了出来，走远了一些，似乎想要搞清楚刚才那些动静都是怎么回事。就这样过了几分钟，阿丽娜闭上了眼睛。她听到侦图机移动起来的马达声，听到它又往她身边来了。从声音可以判断出它是要回到躺椅下面去，但它移动时的迟缓却让人心生疑虑。它没有像平时那样在躺椅的椅子腿上磕磕碰碰，而是径直、精准地停到了她的身下。她凭直觉感到此时侦图机就在她的肚子下面，正朝着她胸部的位置移动，它的拖沓使阿丽娜不得不睁开了双眼，同时，她也小心地让自己保持不动，就那么等着。远处，一辆摩托车正沿着山坡上唯一的一条柏油路无声地行驶。这时，阿丽娜觉察到侦图机稍稍向左转了一点，躺椅的塑料布椅面被抻紧了，侦图机的头轻轻摩擦着她一侧的乳房。阿丽娜一下子跳了起来，山德士上校也定住不动了，过了几秒钟，阿丽娜才想起自己光着脚，而天台的石板地面正灼烫着她的双脚。她一边跳着脚，一边想着该怎么做些防护。她离开躺椅，跑到了草地那儿。她从草地那边看过来，与侦图机对视着。阿丽娜没有回到躺椅边去拿她的书和罩衫，而是一路跳着脚回到房间，用钥匙锁住了门，然后她站在房间中央，等待着。

几分钟之后，她听到了侦图机不慌不忙地轻轻撞着门，呼叫着她。阿丽娜的脑海中出现了一幅可怕的画面，山德士上校化身成一个裸体老男人，坐在铺着潮湿床单的床上，正在通过手机操纵侦图机，让它急切地撞击房门，就为了能再次触碰到她。这真令人厌恶，但阿丽娜还是闭上双眼，努力集中精神，好把那画面看清楚。她心里一阵恶心，不由得吐了吐舌头，攥紧了拳头。然而，她还是以一种莫名其妙的急迫一下子跃到门边，打开了门。上校就在她脚边，朝她抬起头，进了屋。阿丽娜关上门，在侦图机周围走来走去，就像侦图机平时总是绕着她转悠一样。她在自己背后摸索着比基尼的带子，把它拽开。

"您看呗。"她说道。

比基尼落到地上，那也是侦图机朝阿丽娜转过来时看到的第一样东西，然后，侦图机便抬起头，将视线抬高到阿丽娜胸部的高度。

"您想摸摸吗？"

阿丽娜心下暗问自己到底该怎么处理这件事。她第一次启动侦图机时，根本无法想象有朝一日会跟它说出这样的话，但就是存在着某种她一直都愿意相信的逻辑。她并没有觉得她自己或者侦图机的隐秘被打破了。那位"无名氏"可能会拍照，可能会录屏，也可能会躲在一只栽绒的塑料乌鸦后面"打飞机"，但跟住在这公寓楼里的那群人不同，阿丽娜根本算不上什么艺术家，更不是任何人的什么"大师"。而不充当任何角色其实也是成为"无名氏"的一种方式，这方式让她变得像操控侦图机的那个"他"一样强大，此时，阿丽娜就想让那个"他"明白这一点。她跪在地上，任由侦图机靠近，脑子里还在想象那个坐在潮乎乎的床上的老男人。那个老男人到底想对她做些什么呢？她还从来没看过由老家伙出演的色情片呢。阿丽娜朝书桌探过身去，够到了自己的手机。她倒是还没想过要搜索由侦图机拍的色情片。她打开了搜索引擎，输入"色情片""老男人""阴茎""侦图机"这几个词。搜索出的结果有八十多万条。难道真有那么多人在用侦图机行这些苟且之事吗？真可以做这样的事情吗？阿丽娜随便点开了一条搜索结果，在下载视频的时候，她将后背靠在床沿上，把山德士上校拿起来，放到自己交叉的双腿上，转动它的身子，让它和自己看向同一个方向，然后，她估算着该把手机放到多远的距离，才能让他们俩都看清楚视频。手机屏幕上，一个女孩正在调整床上的摄像机镜头。那女孩躺了下来，她的乳房实在是不小，都垂到身体两侧了。她伸展身体去够床头桌上的什么东西：那是一台侦图机，但它身上附加了太多的东西，以至于很难看出它是个什么动物。它的两眼之间装了一支荧光闪闪的犄角，肚子上有一个大号的、用一条带子绑着的黑色橡胶阳具。在该是它屁股的位置上——如果这些玩意儿也算有屁股的话——有一颗被画上去的大大的红心。操控那台可怜的侦图机的"机控"知道别人都对它做了些什么吗？摄像头能拍摄到那个橡胶阴茎吗？就在这时，床垫颤动起来，女孩和那台有着大号阳具的独角侦图机都随之晃动起来，一个光着身子的老男人从右边爬进了镜头。阿丽娜暂停了播放，她不知道自己是不是还想看接下来的内容，但她刚刚想出了个具体的办法，好让自己摆脱这种不舒服的感觉。她从厨房里拿了一个凳子，放到房间中央，又在凳子上摆了一个瓶子和一个碗。她把侦图机头朝下放到碗里，再去拿手机，把它斜靠在瓶子上，弄得就像个书刊阅读架一样。她又做了些调整，确保侦图机可以看得清清楚楚，她把侦图机移到手机跟前，近到它除了手机屏幕，别的什么也看不到。然后她才开始继续播放视频。视频还要播三十七分钟，而侦图机已经无处可逃了。

　　阿丽娜穿上衣服，拿起钥匙，摔上门出去了。外面夜幕初垂，一些工作室里的灯光已经亮起来。如果不抓紧的话，她就没法准时到达图书馆了，她希望能在那儿碰上卡门，这可是她的当务之急，她需要跟一个真实的活人随便说些什么。

在入口处的柜台，阿丽娜并没有看到卡门，于是，她就用拳头在木质的柜台台面上轻轻敲了几下，卡门抱着一堆纸跳了出来，原来她正在整理下面的低柜。

"这么敲是在要威士忌呀，亲爱的，"她对阿丽娜说道，"但简·奥斯汀的小说里可不是这样的。"她看到了阿丽娜，手里的纸都掉到了地上。"你还好吗？"

卡门上下打量着阿丽娜，然后看了看表。要是阿丽娜等她一会儿，她们就能一起到外面去透透气。

两人一起上了街。阿丽娜想散散步，也想让卡门陪着她，可她还不知道该怎么去说刚刚发生在她身上的事。阳光已经不再是火辣辣的了，一阵柔和的微风从奥阿克萨卡吹上来，这让她心情愉悦起来。她们又往下走了两个街区，教堂对面那个既卖药又卖冷饮的杂货店还开着，这是镇子上最像"咖啡馆"的地方，店员立刻跑了出来，为她们把摆在人行便道上的唯一一张桌子擦干净。

"真是够差劲的，"阿丽娜搅着杯子里的咖啡，"那台可恶的侦图机简直没有一刻安生。我已经受不了它了。"

"你已经不喜欢山德士上校了吗？"卡门闭上双眼，朝着最后几缕阳光伸长了脖子。在卡门不当图书馆管理员的时候看到她可真是有点别扭，"随时随地都可以让那些东西滚一边儿去呀，不是吗？"

可是阿丽娜想要的并不是这个。她想要休息，希望由她来决定侦图机什么时候可以或者不可以在她的房间或她的生活里四处溜达。能规定侦图机活动时间的不是"机主"，这实在让人气不过。

阿丽娜和卡门聊了会儿关于书的话题，又各自要了杯咖啡。

"你看到那个了吗？"卡门冲杂货店里指了指。

电视上，六点新闻的主播开始播送消息，主播旁边的桌上摆着一台侦图机。

"他们每天下午都会启动一台侦图机。"

两名记者就像训练小狗一样，做出一些手势，让侦图机照做。

卡门说："操控那台侦图机的人可以给节目组打电话，只要证明那台侦图机是他操纵的，他就能赢得五十万比索。干脆利落，当天就能把钱给你。"

在返回公寓楼之前，她们俩一起去买了橘子，卡门还请客吃了冰棍儿。两人默不作声地走了一会儿，都忙着在冰棍儿化掉之前把它吃掉。

阿丽娜回到房间时，侦图机已经不在了。斯温回来过，又出去了，阿丽娜看出这一点，是因为杯子都被洗干净了，窗子也被打开了——"艺术家"可真是热衷于开窗通风啊——而且，原来放侦图机的那张凳子被放回到桌子下面，手机也被放到床上她睡的这一边了。有时阿丽娜会挪动一些物品，纯粹只是想给它们换换地方，而且，她只是偶尔为之罢了。一开始，"艺术家"斯温注意到了这一点，便也开始照他自己的意思挪动那些物件，好让阿丽娜意识到，就算是以一种抽象的方式，他也能洞见正在发生的事。这是一种带些撒娇意味的自寻烦恼。阿丽娜每次都会为他关上窗户，把他的鞋放回床的另一边，再把自己的凉鞋放到斯温原先搁鞋的地方。她还会把牙膏换成某种药膏，变换一下斯温总放在他那一侧床头桌上的笔记本的顺序。而斯温对那些变动的回应实在逊色很多，几乎没有什么变化，以至于阿丽娜不得不花些力气才能注意到。"啊，"她回想着，"他把我的牙刷从浴室的盥洗台拿到厨房去了，他可真行。"有时她甚至在心里嘀咕，那些东西会不会是自己在一晃神间挪动的。此时此刻，她身处整洁的起居室中，带着一丝伤感的微笑在心中暗想，侦图机不见了，这难道不是斯温发出的一个信号吗？难道不是他试图挪动某样物件的一种方式吗？

阿丽娜又出门去了。一想到斯温和侦图机单独在一起，她就忧心不已，因为那位"艺术家"很可能会在一夕之间将她这么久以来努力维持的、不与侦图机交流的状态打破，只要斯温将写着电子邮箱地址的纸条给那乌鸦看一眼，就足以让那只驯服的宠物变身为一个老色鬼。阿丽娜下了楼，往楼里的公共休息区走去，她穿过公共厨房和中央起居室。一天当中的这个时候，在那里出没的艺术家人数最多。有人正在玩桌上足球，有人坐在八人座的沙发上，对着巨大的投影屏幕打盹儿。也有人正站在那儿吃东西，冰箱的门大敞着，食品橱里的东西也正惨遭"洗劫"。斯温的女助手穿着一身紫红色天鹅绒的衣服，一边往头发上缠卷发棒，一边跟上星期才来的俄罗斯雕刻家聊着天。阿丽娜走过尽头那间大厅，有两台侦图机正要在那里进行一场比赛，看谁先跑到最大的落地窗前，一群人正围在它们周围，大喊大叫地下注。

阿丽娜又穿过了展厅。来自纽约的那位法籍阿富汗裔女艺术家的透视罩袍展览已经撤展了，这里头一回显得那么宽敞通透。阿丽娜出门朝着工作室区域走去，此时仍有一些艺术家在工作。那个从事软木装置艺术的女神经病正在用一个像是手电筒似的东西充当麦克风，嚎着一首雷鬼歌曲。旁边那间工作室里，那对来自智利的摄影家夫妇正俯身在一件巨幅摄影作品上忙活着，用美工刀在各自负责的区域做着切割。阿丽娜又经过了两间工作室，在接下来的那间工作室门口停了下来。门上的一块小牌子上写着"斯温·格林佛特"。那是斯温的字。在推开门之前，阿丽娜敲了敲。没人应答。于是她走了进去，打开了灯。工作室果然很干净整齐。一些刻版用的木板靠着窗子，按大小排成了一排，最大的那张桌子上晾着许多幅双色单版画。阿丽娜意外地发现，在房间最里面的那张桌子上有三个盒子。那是三个白色的盒子，阿丽娜就是从这种盒子里把山德士上校取出来的。它们都是空的。就在那些盒子旁边，她看到一本侦图机的使用说明，跟油墨辊放在一起。还有两本说明书却落得另一种命运，它们被拆开了，一页页散在桌上，每一页上都有一个红色油墨印的手指印。自打阿丽娜认识了斯温，这可怜的家伙就一直是这样工作的。他一向只展出单版画和刻版——那些作品尺寸够大，色调够暗，足以掩盖任何平庸——但同时，这些作品又背离了他那"撼动市场"的真正欲望，每次喝多了，他都会一遍又一遍地祷告，如同在许愿一般："一件绝妙的作品，一件绝妙的作品！"每当想做出一件作品时，"艺术家"斯温倒都能凭借手头的材料达成所愿，他便也乐得轻松，别无他求了。

阿丽娜离开工作室，朝着公寓走去。斯温和山德士上校到底在哪儿呢？斯温该不会已经告诉上校他正在进行一个与侦图机相关的作品创作了吧？她突然在意起斯温的这种不坦诚来，在意程度甚至远远超过他与那位女助手之间的暧昧关系。她从水池边的土坡上穿过去。蟋蟀那刺耳的鸣叫从山上传了下来，她感到那叫声正一股脑儿地灌进她的双耳。

恩佐在温室里浇了水，又为要烹饪的肉菜摘了些欧芹。他心里期待着鼹鼠侦图机能出来查看一下罗勒和辣椒的长势，所以做这些比平时用了更久的时间。可纱窗门一直都没有被打开，最后，他到底还是烦了，便进屋去准备晚饭。他叫卢卡来帮他摆桌子，然后他们边吃饭边听新闻。当新闻开始播报一则关于侦图机的短消息时，鼹鼠从扶手椅后面转出来，钻到了桌子下。这是它今天头一回现身，情况跟上星期没什么两样，恩佐和侦图机之间闹起了别扭。密斯特对自己作为"合作监护人"的职责并未有丝毫怠慢，但自打恩佐在那个糟糕的星期天试图跟它沟通以来，它就一直躲着他。恩佐只不过是想跟它聊聊，可为什么这么一个简简单单的想法就让它如此不高兴？难道它真的只想像一只鼹鼠一样在这所房子里四处转悠，而不愿跟他建立起某种友情吗？恩佐和密斯特在一起单独相处了很长时间，还一起喝了几次啤酒——尽管只是手里拿着电话隔空远程喝的——他根本就不会去坑害任何人啊。恩佐甚至没弄明白到底是什么让他感到怒意难平。被这么一台只有三十厘米高的机器轻慢，他也不清楚自己到底是觉得失落还是觉得受到了侮辱。可他还是忍不住要做些让人感到不可思议的事情来自我安慰，来驱散那种难以忍受的负面情绪。他知道密斯特喜欢意大利广播电视公司的节目，便总是按时打开电视，调到那个频道；每次去超市或者去接儿子的时候，他都会带上密斯特，把它放到后挡风玻璃那儿；他还时刻小心，不让卢卡再把密斯特的充电器藏起来。每当他预备着让孩子去上学，做着饭或坐下来办点儿公事时，都会一直跟密斯特说话，迁就着它，向它提问。密斯特，您今天怎么样？您要出去待一会儿吗？您想再看会儿电视吗？您想让我帮您把落地窗打开吗？有时候他都在想，他是不是只是在自说自话。而密斯特之所以会到恩佐跟前来，只是为了要告诉他，卢卡在电视前睡着了，卢卡没在做作业，或者房间灯都熄了卢卡也不睡觉，躲在被单下面玩平板电脑。

而关于侦图机的新闻同样也是会让密斯特感兴趣的内容。此时此刻，在温贝尔蒂德的新闻节目里，一名女记者正在一家公立医院前做报道：一位老年妇女心脏骤停，她的猫头鹰侦图机给急救中心打了电话，救了她的命。为了表示感谢，那位获救的女士向侦图机的操控者要了银行账号，往那账户里存了一万欧元，但从那以后，那台侦图机就失踪了，当那位女士再次心脏病发作并因此最终丧命时，侦图机已经不在她身边。"侦图机应该承担一部分责任吗？"女记者对着摄像机镜头问道。"如果说侦图机要承担一定的责任，那么，哪种法律规定适用于这些新型的匿名公民呢？"演播室里展开了一场小型辩论会，在这场辩论中，有个在佛罗伦萨的诊所工作的侦图机机主讲述了另一起性质完全不同的医疗事件，而另一个在孟买一家酒店做前台接待的侦图机的"机控"则表达了自己进退维谷的境遇。鼹鼠侦图机一动不动地待在电视机前。卢卡吃完饭从侦图机身边经过时，轻轻地踢了它一脚，力度正好够把它踢翻，它滚到了扶手椅那儿。男孩继续朝自己的房间走去。恩佐上前把鼹鼠重新立起来，在它跟前弯下腰来。

"您怎么了，密斯特？"他们俩对视着。"我把电话号码给您看，让您给我打电话就那么可怕吗？如果这事儿让您这么不痛快，那就算了，您也不用打电话来了。"

侦图机看向了另一边。恩佐叹了口气，去收拾晚餐的东西。

第二天，恩佐的前妻来见他。他没想到她会来。

"我这就去告诉卢卡。"恩佐在门口说道，并没有请前妻进门。

前妻拉了拉恩佐的胳膊，拦住了他。

"不不，恩佐，是咱们俩得谈谈。我待会儿再去跟卢卡打招呼。"

恩佐让前妻进了屋，给她准备咖啡。当恩佐端着杯子走进起居室时，看到前妻正在房子里四处转悠，查看着房间和各处犄角旮旯。然后，她拉开窗帘，探身朝花园里瞧了瞧。恩佐猜温室里那一派生机盎然的景象一定让她大吃一惊，他以为她会说些什么，但她只是沉默地转过身来，坐到了恩佐的身边。她看起来真的很担忧。

"那台侦图机在哪儿？"最后她问道。

"它通常都会在这一片转悠。"恩佐说着，弯下身子到扶手椅下面去找侦图机。

他们正坐在侦图机的窝上，恩佐对此心知肚明，他也是刚刚才想起，前妻在此之前还从没见过这台鼹鼠侦图机，但他也不确定今天介绍它跟前妻认识是否合适。他看向另一侧，又矬摸了一番。这回他看到了侦图机，它躲在扶手椅的一条椅子腿后，背对着他，一动不动。从恩佐待的地方没办法看出它是不是处于开机状态，是不是能听到周围发生的一切。

"它不在这儿，"恩佐重新坐好，说道，"通常这会儿它都在监督卢卡睡午觉。"他递给前妻一杯咖啡。"它喜欢卢卡，总跟着他，待在他身边。知道还有个人在照顾卢卡，我就放心多了。我还从没为这事儿谢过你呢，它可真是帮了大忙。"

恩佐强迫自己闭上了嘴。为什么他还在这么做？现在，前妻每天七点四十来接卢卡去上学时，都会在门外按响汽车喇叭，他连她的汽车喇叭声都忍受不了，却还是不由得要奉承她。

"恩佐，"前妻用一种郑重其事的语气说道，"卢卡时不时地会跟我说些你和这毛绒玩偶之间建立的关系，我对此还是很上心的。"

"玩偶"是个很奇怪的词。有那么一会儿，恩佐都没反应过来他们在说侦图机。

"我希望你把它关掉。"

她是在说切断连接吗？

"我希望你让我儿子离那玩意儿远一点。"

恩佐等她继续说下去，对于一个他还没弄明白的请求，他当然不能一口回绝。

"我也不知道该怎么讲，"她说，"实在是太可怕了。"

她把两只胳膊肘杵在膝盖上，用双手捂住了眼睛，就像一个被吓坏了的小女孩。尽管恩佐知道，如果此时侦图机在扶手椅下面移动，前妻就有可能听到它的马达声，但他还是又等了一会儿。

"他们都是些恋童癖，"她终于说了出来，"所有侦图机都是恋童癖。已经被曝光了，已经有好几百起案子了，恩佐。"

她放下双手，神经质地抚摸着自己的膝盖。再一次坐到属于她的那把扶手椅上，恩佐觉得他的"戏精女王"又用一些出人意料的全新剧情让自己换代升级了。

"那不过是一台小小的机器，朱莉娅。它怎么会对孩子造成伤害呢？你根本就不认识它。我们连'它'是谁都不知道呢。"

"这就是问题所在啊，恩佐。"

"我们已经在一起生活三个月了，三个月啊。"

恩佐自己也觉察到这个理由实在荒唐可笑，便闭口不言了。

"就在你漫不经心地在温室转悠的时候，它有可能正在拍摄卢卡的视频，有可能在试图跟他取得联系，跟他说一些事情，给他看一些东西。"

没错，前妻已经看到温室了，那里的喜人长势让她心里不爽了。恩佐尽量温和地微笑着，纯粹是为了让刚刚听到的那些东西显得不那么耸人听闻。

"恩佐，我知道卢卡对那台侦图机是抵触的，他不喜欢那东西。也许可怜的孩子根本就不知道该怎么告诉我们到底都发生了些什么。也许对他来说，那一切实在太可怕，令他羞愧难当，也许他根本就不明白别人在对他做些什么。"

他怎么能在一个会产生这种想法的女人身边生活了那么多年？恩佐心里涌起一股反感，便起身走开了几步。前妻仍然在那儿历数侦图机的种种罪行，甚至，在那天的晚些时候，她在门口跟卢卡道完别以后，还在不断臆想它可能的罪行和结局。

"我希望你把它关掉，"在告辞时她又说，"我可不想让那玩意儿再待在我儿子身边了。"

最后她终于离开了，恩佐待在门后，听着汽车发动机启动、远去。他得去打开窗子，给房子通通风。这是当务之急，恩佐想，他需要一点空气，还需要一罐啤酒。

艾米莉亚已经查到了埃尔福特的报警电话，如果那个德国人要对埃娃动粗的话，她就知道该给什么地方打电话了。她还没法告诉人家地址——她心里很清楚这一点——可要是埃尔福特的警察根本听不懂她那蹩脚的英语，就算知道地址也没什么用。尽管如此，她还是觉得这样才能有备无患。她一直把手机放在近身之处，一旦出了什么事儿，她就会立刻将发生在埃尔福特的事情录成视频。她不太清楚在德国能不能凭借一段录像定一个人的罪，但是，如果埃娃什么时候需要某种证据了，那她手头就有现成的。

尽管如此，艾米莉亚还是谨守分寸，指望着自己还能再想出些别的办法。克劳斯——就是那个德国人——已经不再来招惹她了。艾米莉亚的儿子已经跟她解释过，侦图机的控制面板不翻译克劳斯的话是因为侦图机只会识别"机主"的声音。所以，就算克劳斯跟埃娃待在一起，把他忽略掉倒也不是什么难事。那个德国人不在的时候，艾米莉亚就会趁机让侦图机迅速地在房子里四处转转，把那家伙能拿到或有可能能拿到的东西都查看一番。她让侦图机紧跟着埃娃，渴望着一切新信息，她关注着埃娃可能说或做的一切，以及能为她的计划提供新线索的任何事情。

"我的小胖妞，你显得很不安，你怎么啦？"埃娃总这么问她。

要是艾米莉亚发出咕哝声，埃娃便会停下手里正在做的事情，捏捏毛绒兔子的肚子。就让她的"机主"以为她不过是想要一点爱吧，这也不失为一种实用而又令人兴奋的补偿。

艾米莉亚通常都会先给自己准备一杯茶，把暖气温度调高些，再坐到自己的电脑前。日子开始一天天冷起来，艾米莉亚知道，一旦她坐下来，她的侦图机在埃尔福特开了机，就找不到时间站起身来了。这样过了一天后，她给儿子打了个电话。

"我想给你发一张埃娃的照片，"她对儿子说，

"她可漂亮了。"

可儿子向她解释说，不能用侦图机给人家拍照片，说那事关"隐私"，一切都是经过"加密"的。艾米莉亚觉得儿子也许是嫉妒了，一想到这里，她就情不自禁地微笑起来。

"不会有问题的，"她说，"我就截个屏，明天给你发些截屏。"

儿子沉默了，也许是在为老妈能如此迅速地解决这些技术问题而感到吃惊。然后，他开始用一种去做忏悔的人说话时那种吞吞吐吐的语气跟老妈说起侦图机来。但他说的并不是艾米莉亚在埃尔福特的那台，而是他自己的侦图机。在给艾米莉亚买网络连接卡的时候，他还买了一台侦图机，但是，直到看见老妈因为操控侦图机而倍感快乐时，他才鼓起勇气启动了自己的。此外，拥有侦图机后，他就能更了解老妈向他提出的那些不安和疑虑。

"可是……"艾米莉亚嗫嚅着，实际上，此时她很想问问儿子是什么时候开始拥有侦图机的，他的侦图机的"机控"是不是也在埃尔福特，还是说那人跟儿子离得并不远，那样他们以后倒是可以找机会见个面。

"你听我说，妈妈，你知道它昨天干了什么吗？"

过了好一会儿，艾米莉亚才弄明白他们俩现在谈论的到底是谁。既然已经坦白了，儿子似乎也就不再顾虑，开始滔滔不绝地讲述起他最近几个星期（艾米莉亚立刻就推断出，实际上，应该是最近一个月）的经历，将他之前隐瞒的事情实实在在、一股脑儿地告诉她。艾米莉亚拿着手机来到餐厅，坐到桌子前，就像她平时整理水电煤气发票时需要一个足够大的空间一样，这样她才不会遗漏任何东西。儿子说，他的侦图机"机控"在他生日时寄了一个巧克力冰激凌蛋糕给他。

"你把地址给它了？"她警觉地问道。

怎么背着她出了这么多的事啊？一股懊恼让艾米莉亚如鲠在喉，让她打心眼儿里想干点儿什么。她到底是个怎么样的母亲啊，她从来没想过要给儿子寄一个生日蛋糕。儿子是不是也曾这么想过呢？

"没有，没有。我根本没给它地址，妈妈。事情是这样的，侦图机的'机控'在我公寓的阳台上看到了对面的镛记酒家，想起她有一次跟丈夫来香港时曾去过那儿。"

在她儿子的公寓阳台上？那个"机控"是个已婚女子吗？艾米莉亚极力克制着不去打断儿子。

"她已经上岁数了，不过非常有活力。"艾米莉亚咽了下口水。上了岁数但很有活力？那么她对儿子来说又是什么样的呢？是上了岁数？还是有活力？"她通过这一点推测出了我住的这幢楼的地址，于是就给这幢楼里每一间公寓的人都寄了一个巧克力冰激凌蛋糕。这里每层都是前后各有两户人家，她一共寄了三十二个蛋糕，妈妈！"

艾米莉亚先是想到那该是很大一笔钱，可一秒钟之后她就意识到，她儿子给她买了一个侦图机连接，却给自己买了台真正的侦图机，就跟埃娃在埃尔福特拥有的那台一样。难道与"成为"侦图机相比，她的儿子更愿意"拥有"侦图机？她儿子的情况对她而言又意味着什么呢？艾米莉亚不想有任何令她不愉快的发现，尽管如此，如果可以把人分成两类，一类愿意当"机主"，另一类则宁愿去当"机控"，那么此时她就站在了儿子的对立面，这让她惴惴不安。

"你知道最搞笑的是什么吗？"

"最搞笑的是什么？"她做了个深呼吸。

"就是那个恰好轮值送蛋糕来的可怜虫啊，他大半个上午都在这楼里上上下下，有好多人甚至都不肯接收蛋糕。他在把属于我的那份蛋糕交给我的时候，还附送了两个多出来的。"

艾米莉亚呷了一口茶，茶水现在还太烫。

"这么说你得到了三个蛋糕。"

真奇妙啊，艾米莉亚想。儿子说：

"我现在给你发一张'那个'的照片。"

"那个"，他是在指那个蛋糕，还是那个女人？艾米莉亚听到"哗"的一声，她看了看手机，点开了照片。那是一个高大粗壮的黑发女人，站在一所乡间住宅的门前，看起来与艾米莉亚年纪相仿。

"她当了一辈子厨师，"艾米莉亚的儿子说，"还曾经在巴尔干战争中给克罗地亚游击队做过饭。我再给你发张照片，你看……"

艾米莉亚又听到"哗"的一声，但她决定不去点开新发过来的照片。此时，在儿子的生日过了快一个星期以后，她能给他寄份礼物过去吗？

"这是她 90 年代在拉夫诺*跟两个士兵一起探察反步兵地雷时的样子。是不是很棒？你看到她穿的那双高帮靴子了吗？"

---

* 拉夫诺（Ravno），波斯尼亚和黑塞哥维那的黑塞哥维那–涅雷特瓦州的市镇。

　　　　　　　　　　　　　　侦图机

从什么时候开始，她儿子会带着这般热情去看待那些职业女性了呢？就好像她这个当妈的这辈子从来都没给他做过饭似的。还是说只有去战场上筛面粉，还得穿上男式皮靴，这份牺牲才能算数？

挂断电话后，艾米莉亚盯着桌面呆呆地看了好一会儿。她想直接上床去，但又觉得毫无睡意。她给格洛丽亚打电话，和她聊起儿子刚跟她坦白的事情。格洛丽亚给自己的孙子买了一台侦图机，现在，艾米莉亚很乐意和她交流侦图机的一些轶事。她们在那天上午游泳时已经见过面了，但是由于伊内丝已经受不了听她们俩一直谈论侦图机，她们就只在电话里聊这个话题，而把游泳的时间用来聊政治、子女和饮食。要是在她们的侦图机身上发生了什么重大事件，两人就会在俱乐部门口道别时背着伊内丝偷偷摸摸地比一些手势，约好等一落单就赶紧打电话。这真的有点儿可笑，她们俩还不止一次地借机谈论了一下伊内丝，她们当然都非常爱伊内丝，但也都注意到伊内丝近来愈发保守了。总之，就像格洛丽亚在最近的那通电话里说的那样，要么你去赶上时代，要么生活就会置你于不顾。

艾米莉亚已经将她的侦图机和那个德国佬之间发生的事情告诉了格洛丽亚，关于那家伙的露阴癖，关于他从埃娃的钱包里拿钱，还有他如何像追母鸡一样追着她在起居室里到处跑，还把她塞到水龙头下面，用水浇她。格洛丽亚觉得她能平安无事可真是个奇迹，她有个女邻居失去了自己的猫头鹰侦图机，就因为她在洗澡时让它待在了卫生间。应该说是因为她用的洗澡水太热了，或许对那些造型不是热带动物的侦图机来说，水蒸气是很危险的。

　　"可是你说的关于你儿子的事情，我还是没弄明白，到底是什么让你这么焦虑不安呢？"格洛丽亚在电话里问道。

　　艾米莉亚想到了儿子最后发给她的那张照片，想到了那个女人穿的军用皮靴。其实她也不知道是什么让她焦虑不安。

　　"你也买台侦图机吧。"格洛丽亚说。

　　可那样又能解决什么问题呢？她才不会去买一台侦图机。她不是那种会去买侦图机的人，更何况她也没有钱。

　　"那些侦图机都贵死了。"艾米莉亚说。

　　"网上有人卖二手的。只要半价。我陪你去搜一搜。"

"我可不想要人家已经不要的东西。再说，我也不想'拥有'侦图机，"艾米莉亚说，她想到了操控儿子侦图机的那个女人，"我还是更愿意'成为'侦图机。"

那天一整天和接下来的一天，艾米莉亚都在考虑这件事儿。星期四那天，在与埃尔福特连线之前，她浏览了一些分类广告。侦图机的广告并不太多，但还是有一些的，大部分都被安排在"宠物"类别里。在看那些小动物造型的侦图机的图片时，艾米莉亚心想，尽管侦图机确实不会把哪儿都弄得脏兮兮的，不会到处掉毛，也不用带出去遛，但弄台侦图机来是不是还不如去养一只狗或一只猫呢。她深深叹了口气，关上浏览器，连接了侦图机的控制器。克劳斯又一次在家里四处活动。艾米莉亚立刻在自己的椅子上坐直了身体，戴上了眼镜。她得把精力集中在埃尔福特，集中在埃娃身上，那姑娘的日子过得可真是不怎么样。至于她自己的生活和她儿子的生活，她可以以后再关注，反正她还有的是时间。

原来这是一场革命啊。其中的重点他们已经为他解释得很清楚了，其余的部分他自己也渐渐明白了。那位戴戒指的小哥自从第一次在橱窗里看到侦图机，就开始筹谋这个计划，至今已经好几个月了。而马尔文在床上咬着指甲，难以入眠，就这样度过了一个晚上后，第二天他才弄明白，他操控的侦图机并没有被绑架，而是被解放了。当他终于从学校回到家，就立刻跑到书房去，打开了平板电脑。他小声祷告着，先求"我们的天父"，再求那个已经开始为马尔文揭示善恶的"上帝"，同时，他唤醒了他的侦图机，平板电脑的屏幕亮了起来。镜头中的舞蹈练功房辉煌明亮，完整而清晰地进入侦图机的"双眼"。侦图机此时正在一个充电座上。它还活着！马尔文不得不让侦图机动起来，从那个看起来像是个盒子的地方出来，走远一点，好看看自己到底在什么地方。靠着练功房的一面墙，有一溜十二个木头文件柜，排列在镜子下面。有两个柜子被占用了：一个里面放着一只鼹鼠，另一个里面放着一只熊猫，两个侦图机离得很远。它们都闭着眼睛，在自己的柜子里等待着。他不连线的时候，他的小龙会不会也是闭着眼睛的呢？

戴戒指的小哥看到侦图机移动了，便走了过来。他手里拿着几张硬纸板，在马尔文的侦图机跟前俯下身来，把一张纸板拿给它看。那张纸板有一本书么大，上面写着数字"1"，下面用英文写着：

"发一封邮件到这个邮箱。"

小哥把纸板翻了个面，纸板背面写着一个邮箱地址。马尔文仔细地看了看那个地址，等到他发现那位小哥随时都有可能把纸板放下，便抛下平板电脑，像疯了一样拼命翻着他的笔记本，想找东西来记录。他把那个邮箱地址记了下来，打开自己的电子邮箱，写了句"Hello"，便将这信息发了出去。发完后，他让侦图机往后退了一小步。那小哥放下手里的纸板，又举起了另一张。

这一张上标了一个"2"。显然,这一切都经过谋划和准备,也许这练功房里的其他侦图机都曾经历过这些。第二张纸板上写着:

"等着。"

马尔文就在那儿等着。小哥走开了一点,在他的手机上写着什么,一只兔子侦图机亦步亦趋地跟随着他。紧接着,马尔文就在他的邮箱里看到了一封邮件。

"安装这个程序。"

附件里有一个程序。马尔文看了看书房紧闭的房门,毫不犹豫地开始安装。不到一分钟,程序就可以应用了。控制面板自动关闭,当它重新打开时,屏幕右边出现了一个对话窗口。里面的信息都是用一些非常奇怪的语言写成的。没有一条是西班牙语,但是用英语写的那些信息他还是能看懂的。

Kitty03= 在克尼斯纳*二十四度,你欠我 2美元

Kingkko= 最后:简直挤成了沙丁鱼。那可真

---

* 克尼斯纳(Knysna),南非西卡博省下辖的城镇,是南非著名的海景公路"花园大道"上的诸多城镇之一。

是不行

ElCoyyote= 这里零下五度。正在进入

Kingkko= 我就是为了那个才离开老妈家的，对不？

ElCoyyote= 手术室。我去开刀取个肾脏出来，过会儿再来见大伙儿

Kitty03=:-)

马尔文听到有一封新邮件的提示音。那是一条加入"解放俱乐部"的确认信息。下面写着"你此时位于此地"，还有一个谷歌地图的链接。霍宁斯沃格市*普莱斯特凡斯维恩大街39号。霍宁斯沃格！这地方又是哪里？马尔文在平板电脑上打开地图，找到了霍宁斯沃格。它在欧洲最靠北的地方。四周被冰雪环绕。在屏幕上，那位小哥又举起了一张纸板。这张标着数字"3"的纸板上写着：

"选一个昵称，将它用邮件发过来。"

马尔文思考了片刻便做出了决定，把昵称写下来发了过去。

---

* 霍宁斯沃格市（Honningsvåg），挪威最北的城市，也是挪威最小的城市之一，位于芬马克郡北角市。

"欢迎。"标号数字"4"的纸板上写着。

然后,那小哥将纸板翻了个面:

"你的侦图机已经被解放了。"

Kingkko 和 Kitty03 在聊天窗口跟他打招呼。他的昵称正在跳动,等着他输入答复。马尔文鼓起勇气:

SnowDragon* = 大家好!

Kitty03 = 我好喜欢你的昵称雪龙!

其他人也都欢迎他加入。一个名叫 Tunumma83 的家伙加入对话,跟马尔文聊了好半天,向他提了一大堆问题。他们谁都不知道安提瓜在哪儿,也不知道危地马拉在哪儿,于是马尔文便发了一个链接。他说出了自己的年龄、学校的名字,还告诉别人他没有妈妈,没有兄弟姐妹,也没有狗。

Tunumma83 = 但是你现在加入解放俱乐部了,这可比什么都强!有的用户可是豁出性命都想得到你的待遇呢。

---

* 意为"雪龙"。

马尔文还没弄明白这个俱乐部是怎么回事。第二天，学校第一节课课间休息时，他跟朋友们一起用谷歌搜索了一下。他完全搜不到这个俱乐部。倒是有一些其他俱乐部，但都是些临时拼凑的小俱乐部，像是上个星期才刚刚创建一样。考虑到在连线另一头存在着一个活生生的人，有人突然觉得虐待一台侦图机是跟把一条狗拴在大太阳底下晒上一整天一样残忍，甚至更为恶劣的行为，于是一些侦图机的用户马上开始建立自己的俱乐部，来解放他们认为受到虐待的侦图机。可是，为什么一台侦图机会希望别人来解放它呢？操控者只要自己中断连接不就行了吗？马尔文知道，侦图机世界里的自由与现实世界里的自由根本不是一回事，就算认可侦图机的世界也是真实的世界，那里的自由还是有所不同。马尔文不得不去回想自己曾多么渴望得到自由，他从不曾想过这种热望有可能被扑灭。现在，连危地马拉都有像他们的俱乐部这样的组织了，这种俱乐部会把各种各样的虐待行为列出来，而有些行为马尔文真的连想都想不到。当朋友们给马尔文看"出于商业推广目的的囚禁或展示"那一条时，他真的大吃了一惊，于是朋友们就不得不跟他解释，他在那个商店橱窗里度过的近两个月时间就属于这种情况。他居然在一个橱窗里生活了快两个月时间？马尔文想起那位小哥每次敲橱窗并写下那些解放信息的情景。尽管如此，他仍然觉得商店里那个老妇人是值得信赖的人，是从未想伤害他的人。

接下来的几天，马尔文一直在探察侦图机待的地方，还结识了一些侦图机伙伴。这里的每个角落都放着充电座。在练功房入口处的大门上，小哥开了一个小门洞，还挂了一个塑料帘子，这样一来，侦图机们进进出出的时候，暖气的热量就不至于散失了。时不时会有某台侦图机被卡在门洞那儿，尖叫着要人到门那儿去推它一把。

有时候雪龙也会出去逛一逛。它会绕着房子兜圈子，在"安全区"四处活动，"安全区"是"戒指小哥"在发给马尔文的一张地图上标出的一个半径两公里的区域。两公里基本上相当于到镇子另一头去的距离，在那里，这会儿还在街上走动的为数不多的居民都知道这些侦图机的存在（但马尔文认为他们对解放俱乐部一无所知），因此会格外注意不让它们被汽车轧到，也不会试图要把它们带回家。

那个"戒指小哥"名叫杰斯佩，是一名黑客、DJ兼舞者。他身边什么时候都会有个女孩相伴。那些女孩来来去去，进来时外套裹得像个球，但是进了屋后就解开衣服，穿着轻薄。她们会刻意避开他们这些侦图机，而马尔文就兴致勃勃地盯着她们看。如果他去碰她们的脚，有时她们会在他跟前俯下身来，挠挠他的脑袋。她们都有着浅色的眼睛和白皙的皮肤。杰斯佩并不是很在意她们，他有太多事情要做了，一直忙来忙去的。如果侦图机的"机控"往杰斯佩的账户里打四十五欧元，他就会在侦图机的后背上装一个可以通过控制面板来激活的警报器。万一侦图机身处险境，警报器就会被启动，侦图机就会发出报警声，吸引人们注意正在发生的事情。更重要的是，一个定位装置也会同时被启动，它会在杰斯佩的地图上标出遇到麻烦的侦图机在什么地方。就在几天前，凌晨三点的时候，有个昵称是"Z02×××"的侦图机被困在一个结了冰的水坑里，它的电池电量根本就维持不了多长时间，要不是因为有警报器，人们就再也找不到它了。而它的警报器启动后仅仅过了七分钟，杰斯佩就把它从结冰的水坑里救出来了，正如他的口号所保证的那样，他所提供的服务甚至比救护车还要迅捷。

为了给侦图机装一个警报器，马尔文给杰斯佩转了四十五欧元。与能得到的好处相比，这笔钱真不算多，何况他妈妈的账户里还有些积蓄呢。Kitty03 和 ElgauchoRABIOSO* 都在侦图机的头上装了摄像头，这样就可以一天二十四小时摄录它们经历的一切，录下来的视频会直接传输到"机控"家的存储盘上。杰斯佩目前正在为 Kitty03 搞一架无人机。Kitty03 很有钱，什么都想花钱买，所以杰斯佩基本上就是在为她服务。

在安提瓜，马尔文的朋友们已经查出了杰斯佩的所在地，并且在社交网络上关注他的动向。他的许多发明和应用也都在各个俱乐部之间被分享。杰斯佩曾经上传过他在舞蹈练功房里拍的一段视频，那是几天前他在六台侦图机一起玩球的时候拍的。终于能看到那个他总在夜里逡巡其间的世界了，这让马尔文感觉很棒，在自然的天光下，那世界显得更宽阔，更温暖。在视频的两分十九秒处，出现了马尔文的侦图机，它正待在一个柜子里睡觉。马尔文的朋友们把这个视频的链

---

* 该昵称为西班牙语，意为"高乔怒汉"。

186　　　　　　　　　　　　　　　　侦图机

接发给了他，他花了整整一个下午把这段视频看了一遍又一遍。他的侦图机出现时闭着眼睛，马尔文觉得它可真是甜蜜可人，他宁愿把妈妈账户里剩下的所有钱都付给杰斯佩，就为了让他把那侦图机寄到安提瓜来，好让他也能抱抱它。

在接下来的几个晚上，天又下雪了，雪龙出门到安全区，想就近好好看看雪景。实际上，马尔文心里有个比拥抱他的小龙侦图机更为强烈的愿望，那就是待在雪的近旁，让他的侦图机陷到一个白色的、蓬松的雪堆里去。看到几乎盖不满地面的雪层很快就融化了，马尔文不由感到一阵失望。

在控制面板的聊天区里，Kitty03 想知道马尔文对雪的执念是不是跟他妈妈有关。马尔文已经述说了很多事情，现在他的这些朋友甚至比他爸爸或那位在安提瓜照管他家房子的女士更了解他。马尔文的这些新朋友都是些大人，住在他听都没听说过的城市里，但他去搜索、查询并且找到了那些城市，还把它们都标在自己的地图上，好让学校的那些朋友们可以一眼就看明白他所拥有的是什么样的友谊。

一天晚上，马尔文让雪龙跟 Kitty03 一道出去绕着练功房转一圈。杰斯佩的练功房后面的那间房子里有一头猪，每当看到他们，它就会大声叫起来。Kitty03很喜欢那头猪，每天都要出去看它，还提出给杰斯佩300欧元，让他去把那头猪买下来，养在他的地盘里，确保没人会把它烤来吃。Kitty03已经去打听清楚了，她说，在一家屠宰场里，买一头这样的猪，人家只肯付你150欧元，而她愿意付双倍的钱。可是杰斯佩却说他的生意只包括与侦图机相关的事务，要做农场动物的买卖，就得再去雇个人。

雪龙跟Kitty03聊了很多。虽然聊天区是开放的，但聊天信息都不会有历史记录，所以，如果只有他们俩在线，还是可以私密地聊一聊他们自己的事情。马尔文给Kitty03讲了很多他妈妈的事儿，Kitty03跟他说，这是自己一辈子听过的最让人伤心的故事。

Kitty03= 从1级到10级，你到底多希望能摸到雪？

雪龙=10级

Kitty03= 我想要那只猪也是10级。你去跟杰斯佩说，你想要摸一摸雪，只是需要付钱而已雪龙＝为什么要付钱？

Kitty03 说，不论他需要什么，杰斯佩都可以捣鼓出来。做个电池扩容，再装一个可以让侦图机在雪地里行走的装置，雪龙就什么地方都能去了，谁知道呢，也许去问一问就都能干成了。于是马尔文就真的向杰斯佩咨询了费用。他向杰斯佩解释了他都有哪些需求。两个小时以后他收到了答复。花上 310 欧元，杰斯佩就可以在雪龙后背上装一个扩容电池，再在它的小轮子上装一个越野底盘，杰斯佩还发来一个链接，好让马尔文看看他说的是些什么东西。马尔文觉得，要是他的侦图机装了这么多配件，与其说像条龙，倒不如说像个宇航员，而且，要是再稍微多花一点钱，他都能在安提瓜买台侦图机，变成一个"机主"了。但拥有侦图机对他来说仍然意味着得继续被圈在家里，作为"机控"，他操控的可是一台获得了解放的侦图机。装上杰斯佩的那些配件，他想去哪儿就能去哪儿，甚至可以去长途旅行了，而在他外出远行的那个世界里，他完全用不着下楼去吃晚饭，实际上，什么都不吃他也照样能活下去，等他找到雪，就能花上一整天时间，把雪摸个够。

除了一些零钱，310 欧元几乎是马尔文妈妈账户里剩下的所有的钱了。马尔文接受了杰斯佩的报价，立刻将钱转给了他，一个半小时以后，马尔文又给杰斯佩写了封邮件，告诉他自己还有 47 欧元——账户里不多不少就这么多钱了——如果杰斯佩寄一束花给那家家用电器商店，自己就会把这些钱全转给他。不过寄的一定得是把大大的花才行。杰斯佩觉得这样很不错，不过他说自己手头现在有很多订单，起码得花上一个星期的时间，之后才能来处理马尔文的事。马尔文给杰斯佩回信道谢，说他觉得时间什么的都不是问题。他只提了一个附加的要求，问是否可以在花束上附一张卡片，上面一定得写上，"亲爱的主人：我想去更远的地方。谢谢，雪龙"。

格里戈尔想，每星期买二十台平板电脑也算不上犯罪，但随着事情的发展，最好还是不要引起别人的怀疑。他沿着伊利卡大街*朝着耶拉其恰广场†一路走下去。这条街走起来实在是太长了，但他需要让头脑清醒一下，而且，他一直都很喜欢沿着有轨电车的轨道在城里游荡。等到了耶拉其恰广场，他可以在七个不同的地方买东西。他经常网购电脑的那几家网店的派送员已经开始重复上门了，于是格里戈尔决定，在筹划新方案的同时，他还是亲自出马去买电脑比较好。他会

---

* 伊利卡大街（Ilica），位于克罗地亚首都萨格勒布，是当地的主要街道，沿街遍布诸多商店及文化景观。
† 耶拉其恰广场（Jelačića），位于克罗地亚首都萨格勒布市中心的一个广场。

在每家商店买两台，把电脑从盒子里拿出来放到双肩背包里。如果他买到了十四台电脑，而且没让人觉察到他正在干什么，那这个星期就算是搞定了。

住在二层 C 公寓的女孩妮克莉娜目前在帮格里戈尔管理那些侦图机。从很早以前开始，每个月都有那么一两次，这姑娘会拿着一饭盒食物来到格里戈尔家门前，按响门铃，直到他或他老爸去开门。

"这样你们见着好吃的也就不会大惊小怪了。"她一边说，一边把饭盒递给他们。

可他们见到好吃的为什么就要大惊小怪呢？格里戈尔觉得那姑娘是有点喜欢上他了，所以便尽可能地躲着她。一天下午，格里戈尔遇到了妮克莉娜，她正要出门，脸红得就像个西红柿，很明显刚刚哭过。她拿着个黑色口袋，里面装着一个西瓜大小的东西。格里戈尔问她是不是还好，纯粹是因为此时无视她实在是太不礼貌了，可她却哭了起来。

"怎么了？"

这时候格里戈尔还能问什么？

妮克莉娜一下子抱住了格里戈尔，把脸埋在

了他的胸口，手里却一直抓着那个口袋，没有放开。过了一会儿，她退了一步，打开那个口袋，把里面的东西露了出来。那是一台侦图机。

"它死了，"妮克莉娜说道，声音再一次哽住了，"我的小熊。"

周五的时候妮克莉娜去看自己的妈妈，由于出门前她把饼干烤煳了，为了不让焦煳味儿弥漫到整个公寓，她便关上了厨房门。之后，又赶上妈妈得了重感冒，她便决定周末跟妈妈待在一起。

"我没搞明白。"格里戈尔说。

"它的充电座在厨房，你没注意到吗？它那么使劲儿地撞门，甚至在木头上留下了一小块蓝色的印记。它是蓝色的，你瞧。"妮克莉娜边说边再次打开口袋，轻轻抚摸她的毛绒小熊。

格里戈尔看到那台侦图机的眼睛正紧闭着，心想，这该不会是用户在操控的最后一刻特意执行的一个细节吧，要么侦图机们就是这么被设计编程的，为的是让它们能像人类那样死去。

"我可以看看吗？"格里戈尔问。

妮克莉娜还是呆呆地盯着口袋。格里戈尔把手伸进口袋，将那台侦图机拿了出来。这还是他第一次用手拿着一台侦图机。虽然侦图机他已经见过很多次了，但亲手拿起一台来，这还是头一回。

"我跟你把它买下来吧。"

妮克莉娜把他推开。

"死者是不能被买卖的。"她生气地说。

接着，她伸手想从格里戈尔手里拿回侦图机，可他把侦图机轻轻拿远了。

"你需要工作吗？"他问。

"一直都需要啊。"

尽管什么都没说，但格里戈尔暗自思忖着妮克莉娜之前到底是靠做什么工作才能买下一台侦图机的。他请女孩去他家，给她看自己那满是平板电脑和表格的房间，向她解释了自己正在干的事儿，能赚多少钱，告诉她要是她能帮忙每天让那些侦图机活动个半天，他就打算给她一定百分比的分成。跟妮克莉娜说话的时候，格里戈尔一直都没有放下那台侦图机。妮克莉娜同意了。每当她把视线落到小熊身上，眼睛里就会盈满泪水。妮克莉娜一接受，格里戈尔就把侦图机放到自己的书桌上，问姑娘是否打算当天下午就开始工作。

现在他们俩几乎每天都待在一起。那天早上是格里戈尔第一次将妮克莉娜独自留在他的房间里。妮克莉娜还不是他的女朋友，不过，格里戈尔觉得这是他一生中最接近"拥有女朋友"的体验了。他老爸认为他们俩在谈恋爱，于是干脆不再进他的房间了。每次他们俩开门要去卫生间或者出门，都会发现摆着酸奶的托盘被放在门口的地板上。妮克莉娜很喜欢她的新工作，干起活儿来十分专注，能不说话就不说话。

妮克莉娜承担起了操控大部分已被启动的侦图机的任务。格里戈尔则继续记录每一台侦图机的活动，处理销售事宜，并且建立新的连接。他很喜欢那最初几分钟茫然犹豫的感觉，喜欢在全新的地方漫步。在建立起一个新连接时，他不止一次地在某个角落看到过已经被终止连接的旧侦图机。在刚开始干这行的几个星期里，他还没看到过类似的情况，但在后来新建的连接中，他开始注意到这些被用过、被弃置的侦图机。它们破损、褪色、被压扁，几乎都闭着眼睛。但也许最让格里戈尔心绪不宁的还是那些还好好的便被丢弃的侦图机。到底是什么导致它们的连接被断开了呢？是不是就像有一次他看到的那样：那是位于京都南部的一个连接，连接建立一个星期后，他操控着侦图机到一张双人床下面去探索，在那

儿发现了一台被弄坏的侦图机，那可是实实在在
地被毁成了碎片，就好像有一条狗每天都在啃它
的塑料外壳、栽绒层和配件一样，那是只有动物
才干得出来的暴行，但在那所房子里，至少从
他操控的侦图机被启动起，他就从没看见过任何
宠物。

很快，街道变成了步行街，向着广场延伸开
去。格里戈尔先走进了一家名叫"提萨克—通信"
的商店。他买了三台平板电脑，用现金付了款，
然后便穿过广场，前往第二家商店。他在那里拿
了三台电脑，朝着收款台走去。商店一侧的玻璃
橱窗里摆满了侦图机和各种各样的配件。侦图机
们都被连接在 USB 分线器上充电，它们的身上装
着各种工具配件，有的配件甚至做成了小手的样
子，你可以让你的侦图机用 LED 灯给你照明，让
它给你吹风，甚至让它用小刷子把桌上的面包屑
都扫成堆。但这所有一切看起来都显得太花哨、
太劣质。在收款处的柜台上有一台侦图机，用装
在身上的一个装置端着个塑料托盘。当女收银员
告诉格里戈尔收款总额时，那侦图机就挪到格里
戈尔跟前，发出咕哝声。格里戈尔把钱放到那个
托盘上，侦图机便回到了女收银员那儿。

"这些侦图机都很棒,"女收银员说着,指了指她的橱窗,"说实话,从这儿还真卖出去了几台很不错的侦图机呢。"

她自豪地微笑着,向格里戈尔挤了挤眼睛。

格里戈尔从托盘里拿回找零,道了谢便走出门去。就算可以一直追踪这些侦图机,他又怎么能知道那些操控侦图机的用户是不是都是正人君子呢?

在第四家商店,格里戈尔的双肩背包已经死沉死沉的了。他想,反正这星期还要再来买,于是便提前回家了。老爸正津津有味地在看迪纳摩对阵哈伊杜克*的比赛,比分为二比零,格里戈尔和他打过招呼,便径直回到自己的房间,进了房间,他总算能把沉重的双肩背包放到书桌上了。妮克莉娜此时正俯身在七台平板电脑上忙活着。她早就把厨房的桌子搬了过来,放到房间另一面靠墙的位置。她穿的裙子露出了她脊椎最上方的四个骨节,格里戈尔呆呆地盯着那几节脊椎骨,就好像突然发现了她身体上存在着之前他从来没有想过的那部分。那些骨头的形状让他回忆起了

---

*　迪纳摩(Dinamo)和哈伊杜克施普列特(Hajduk Split)均为克罗地亚足球甲级联赛中的著名俱乐部。

孩童时期看《异形》时那种掺杂着恐惧的兴奋感。同时，还让他莫名想起母亲脖颈上那柔软的、极其细微的绒毛。妮克莉娜纤细的手指在一台又一台的平板电脑上划来划去，手指后面拖着的是苍白而灵活的手臂，好似章鱼的触手。之前那么长时间他独自一人是怎么把这活儿干下来的？

"你好。"格里戈尔终于说话了。

他的声音带着点羞涩，回荡在房间里，把他自己吓了一跳。一切都很正常，一切都井然有序。妮克莉娜在格里戈尔指派给她坐的那张小凳子上直起身子，看向格里戈尔。

"你好，头儿。"她微笑着说。

一秒钟以后，"章鱼"便又转过身，再次沉浸到她另外的世界中去了。

她的两个女儿站在侦图机的货架前。她们在超市里破天荒地一块儿哭闹起来。小的那个还有几个月就满四岁了，她想提前拥有自己的生日礼物，大的那个则口口声声说侦图机可以帮助她学习，她们年级就有人有一台，能帮忙写作业。最后她们总算说好了，买一台侦图机，姐妹俩一起用，那是一只有着黄色脸孔的翠绿色乌鸦。

　　"你们保证要一起用哦！"两个女儿大声、激动地答应了。"好吧，我给你们买，但吃完晚饭后，我们才能把它打开。"

　　妈妈想，就算以后姐妹俩发现这种合作共享会损害她们各自本就不多的利益，但起码现在她们明白，合力做事还是有好处的。

　　外面还在下雨，天气预报说温哥华全境还得

再下一个星期的雨。等女儿们开学了她该怎么办啊，一想到这些她就心烦。

到了家，她把买来的东西都放好，然后就去热饭。女儿们去清空娃娃屋了，她们把娃娃屋的墙壁和楼层隔板都拆了下来，拿出了各自的长袜，在原先是娃娃屋厨房的位置上做了一个褥垫。

看着最后的成果，大女儿说："有了自己的空间，它就会变得更自立。"

小女儿庄重地点头表示同意。

她们一边飞快地吃着饭，一边听着妈妈的嘱咐。然后她们就开始提问题了。可以带它去学校吗？不行。星期五可以让侦图机来照顾她们，取代伊丽莎白阿姨和她的软面条配花椰菜吗？不行。可以带侦图机一起洗澡吗？不行，这些事儿一桩都不能干。她们在起居室打开了盒子。小女儿玩儿了好一会儿用来包装的玻璃纸，异常专注地将玻璃纸缠绕在脖子和手腕上。大女儿将充电座插上电源，再把侦图机小心翼翼地放在上面。在连接正在建立的时候，妈妈坐在地毯上看使用说明，女儿们凑在她身后，一边一个搂着她的肩膀，好奇地看着那些表格和专业说明，甜蜜而急促的气息吹拂在她的耳朵上。她也以自己的方式享受着这一切。女儿们这样依偎在身旁，让她仿佛享有了宁静和平和，她们三个在一起，笑声连连，女儿们柔嫩的小手轻抚她的手臂，在说明书和包装盒上摸来摸去。最终她还是要凭一己之力让日子过下去啊，像这样美好的瞬间总是会从她的指缝间溜走。

乌鸦侦图机被启动了，她的女儿们都笑了起来。小女儿在起居室里跑起来，满心欢喜又焦急地握紧了拳头，让被当成手镯戴在手腕上的玻璃纸发出哗啦哗啦的声音。侦图机在原地转了一圈，两圈，接着又是一圈，一直没停下来。妈妈走上前，一开始，她还有些畏惧，把侦图机拿起来看看，确保它没有什么地方被卡住。最后，她想，在网络连接的另一头，某个人也正试图搞明白该如何控制这台机器。但是，当她把侦图机再放回到地面上时，侦图机却叫起来，那是一种激烈而愤怒的尖叫。它不停地大叫。大女儿捂住了耳朵，小女儿也学样儿捂住耳朵。她们已经不再微笑了。侦图机又以一个轮子为轴打起转来，它越转越快，妈妈感觉到粗暴的吼叫马上要冲口而出了。

"够了！"她大喊道。

乌鸦停止了打转，径直朝着她的女儿们冲过

去。大女儿闪到一边，小女儿缩在起居室的一角，踮着脚，后背和双手都紧紧贴在墙壁上，惊恐万分地喊叫着，而侦图机则一下又一下地撞着她的光脚丫。妈妈把侦图机举到空中，一下子扔到起居室中央，可它站了起来，一刻也没有停止尖叫，又朝着女孩子们冲了过去。大女儿已经爬上了扶手椅，而小女儿仍然一动不动地紧贴墙壁站着，看到侦图机又朝她冲过来，她再次叫了起来。她惊悚地大喊着，使劲闭上了眼睛。妈妈不假思索地朝她跳了过去，在乌鸦再次撞到孩子之前，伸手从搁板上抄起一盏有着沉重大理石基座的台灯，一下子砸到了侦图机身上。然后，她又举起台灯砸了好几次，直到那尖叫声停下来。被砸得七零八落的乌鸦侦图机倒在地板上，就像一具被剖开的怪异的尸体，遍布着芯片、橡胶海绵和长毛绒。一只断裂的爪子下面，一点红色的指示灯光垂死般闪动着，这时，仍然紧贴墙壁站着的小女儿无声地流下了眼泪。等 LED 指示灯最终熄灭时，K087937525 号连接维持的全部时长为一分零十六秒。

恩佐不打算让步，如果鼹鼠侦图机不想参与下午例行的温室巡视，那就让它负责的植物都自生自灭吧。恩佐似乎命中注定要被抛弃——他的前妻已经不是第一个抛弃他的人了——不仅如此，他似乎也难以逃脱这片绿树成荫的朴素街区带来的厄运。他带着一点迷迭香回到屋里，做好了一道肉菜。他的朋友，在药店工作的卡洛曾邀他一起去钓鱼。"你现在看起来可比任何时候都要糟糕啊。"卡洛这么跟他说，同时轻轻拍了拍他的肩膀，也许卡洛觉得，恩佐会跟往常一样拒绝他的邀请。可这回恩佐却在考虑接受。这么长时间以来，他都只忙着照顾孩子，忙着做饭、料理温室、算账。还忙着管那个可恶的侦图机，那个小肚鸡肠的密斯特真是害他不浅。

不久前的那个下午，他跟前妻发生了争吵，那时前妻就坐在那把扶手椅上，而鼹鼠侦图机就藏在椅子下面它惯常待着的地方。自从那次争吵之后，事情变得愈发糟糕了。前妻终于走了以后，恩佐锁上门，疲惫地长叹了一声，转身走向起居室。他看到侦图机正待在几米开外的地方，静静地盯着他的眼睛，摆出一副向他挑战的样子。难道它已经听到了前妻关于恋童癖详尽细致的表述了？

　　"密斯特，绝对没有，"恩佐说，"您知道我绝对没有那么想。"

　　那天下午，他和卢卡一起出去买东西。

　　"把鼹鼠也带上吧。"恩佐一边把车从车库开出来，一边对儿子说。

　　他知道鼹鼠很喜欢在出游时待在汽车后挡风玻璃旁，要是去找它的是卢卡，那它的心情可能会更好。

　　在路上，好几辆汽车的主人都在后挡风玻璃上贴了他们侦图机的贴画。人们还把侦图机的图案印在别针上，别在他们的挎包和大衣上，或者把它们的图案贴在窗子上，紧挨着他们支持的球队队徽或他们为之投票的政党党徽。在超市里，已经不再只有他们把侦图机放在购物车里推着走了。在卖冷冻食品的冰柜前，一个女人正在问她的侦图机是不是需要再买些菠菜，随即她就在手机上收到了一条短信，她看了短信便笑了起来，打开冰柜，拿了两袋速冻菠菜。恩佐真是嫉妒那些能和侦图机建立起更亲密关系的人。他不明白自己什么地方做错了，到底是什么可怕的事情冒犯到了这个老家伙，很显然，他前妻的那些诋毁之言让情况彻底崩坏了。前妻并没有再打电话来，但儿子的心理医生却给他发来三条短信，要求马上跟他见个面，恩佐知道，一旦他同意见面，朱莉娅就得来参加，她会坐在诊室里等着他，皮笑肉不笑地向他露出牙齿。

恩佐意识到一切都已经被毁了，他曾经试图重新与侦图机沟通。他再一次把自己的电话号码给侦图机看，以防对方以前没有记录下来。他把电子邮件地址也给它看了，之后，在心情已经很糟糕的情况下，恩佐还把自家的地址写在一张纸上，贴在扶手椅的一条腿上，侦图机平时总是躲在那把扶手椅旁边，那里就是它的"窝儿"。但这一切都没有起作用。

从超市回来后，恩佐为侦图机打开电视，调

到了意大利广播电视公司的节目。鼹鼠跑到它常待的角落，在恩佐放置买来的东西时，它就在那儿专心看新闻。主持人在节目最后播送了一条特别消息：当消息的简报在屏幕下方快速滚动时，一名在罗马地铁 B 线特尔米尼站的外景记者向观众报道了关于侦图机的最新消息。大约三十个人正排队等着咨询"古菲托"，"古菲托"是一名乞丐的猫头鹰侦图机，正如记者在摄像镜头前所说的那样，"古菲托是有问必答的，只有别人问出'一名乞丐怎么搞到一台侦图机'这样的问题，它才会不予作答"。几名受访者认为，"古菲托"的"机控"是印度一位著名的灵修大师。一个男的说："我昨天来过，求了一个彩票号码，'古佛'真的什么都知道。"一个女的说："我是为了那乞丐来的，因为他值得我这么做，这主意真的很棒。"人们提出他们的问题，并带来一些白纸，在每一张纸上写下问题可能对应的答案。然后，他们将这些纸放到侦图机面前，思索几秒钟之后，侦图机就会停在其中一张纸上，或许会停在"七天内""最好忘了吧"或者"两次"这样的答案上。每咨询一次就要付五欧元。如果侦图机没有选择任何答案，那么要重新提问，就得再付五欧元。

"看呀，密斯特，咱们也可以像这样去小赚一笔。"恩佐说着笑了起来，一边还偷偷看了看鼹鼠。

他的侦图机没有做出任何反应。恩佐觉得密斯特可真是个得寸进尺、忘恩负义的家伙，于是，他死死地瞪了它一会儿。

"咱们需要谈一谈，"恩佐说，"你现在对我可真是……"

他考虑了一下，但对于侦图机到底对他做了什么，他又不是那么确定。

"我也说不清，但就是不该这么干啊，"最后，恩佐这么说道，然后他又说，"是这样，您整天都在我家里到处溜达，但却不肯屈尊跟我说一句话。这可实在让人没法忍受。我就这么不招您喜欢吗？"

他感到一股冲动，想踢那鼹鼠一脚，想把它关到柜子里去，想像他儿子一直以来做的那样，把充电座藏起来，而且，再也没有人会为了满屋子找它而在床腿儿上磕磕绊绊了。

但最后，他做的也只是在第二天找卡洛倾诉，他靠在药店的柜台边，就像倚在一家破败小酒吧的吧台旁一样。卡洛听恩佐絮叨着，时不时带着浅笑摇摇头。然后，他轻轻拍了拍恩佐，对他说：

"恩佐，我以后得多把你从家里约出来。"

他们要一起去钓鱼。卡洛定了日期和时间，恩佐同意了。

"那可是一整个周末哟。"卡洛伸着手指，带着些威胁意味地说。

"整个周末。"恩佐说，轻松地微笑起来。

阿丽娜已经跑了十公里，中间一次都没停，她饥肠辘辘、精疲力竭，但却感觉到周身通畅。她冲了个澡，边吃饭边翻看着手机，屏幕上显示出一条她妈妈发来的未读信息。

　　"你真的一切都好吗？"

　　阿丽娜好几次拒接了妈妈打来的视频通话。她倒不是在躲着妈妈，纯粹是因为她的心思根本不在这儿。她跟斯温吵过架，但并不是因为那个女助手，那个女助手的事阿丽娜从来不提，也不是因为他们到这儿已经快一个月了，可斯温连花上一下午时间陪她下山去奥阿克萨卡转转都不愿意。吵架当然也不是因为头天晚上斯温在枕头下发现的那几十片已经干掉的橘子皮。真有人能这么心不在焉，枕着橘子皮睡了整整一个星期，连气味都没闻到吗？她到底在和什么样的男人过日子啊？吵架是因为侦图机，而且他们俩只是闹别扭，也没有真的吵翻天。斯温说每天上午要带侦图机跟他一起去工作室，于是，阿丽娜就把她的空咖啡杯重重地拍在了厨房的桌子上，就这么简单，但从那一刻起，事情就越来越糟了。

斯温已经打破了阿丽娜长久以来保持的不与侦图机沟通的状态，对此阿丽娜确信无疑，每当侦图机从工作室回来时，她都能感觉到这一点，因为侦图机在敲门时显得心不甘情不愿的，一天临近结束，但它还要回到公寓，跟这个疯女人待在一起，这似乎已经让它厌烦透顶。在傍晚六点到六点半之间，当"艺术家"斯温结束了他一天的工作，到楼下的公共休息区去时，侦图机就独自回家。阿丽娜心想，斯温会不会特意把侦图机带到土坡的另一侧，这样一来，在回公寓的途中，它就不用再去爬那三级对侦图机来说根本不可能爬上的台阶了，但斯温也有可能是在工作室门口跟侦图机告别的，这样的话，就是上校自己找到了另一条能回到她这儿来的路。阿丽娜刚给侦图机打开门，它就直奔充电座而去，连碰都懒得碰她一下，也不再一边围着她转一边发出乌鸦的沙哑叫声了。阿丽娜暗自思忖着斯温跟侦图机到底都聊了些什么，上校是不是已经把上次碰她胸脯的事告诉斯温了，那斯温对此又会做何反应呢。就算是情侣，也没有理由一定要去理解另一半在一只宠物跟前做出来的事。

阿丽娜把她的烦恼告诉了卡门，只为了听听卡门的意见。

"你可以利用侦图机呀，亲爱的。它可以每天向你汇报工作室和那个女助手的情况。"

要弄懂侦图机的意思其实很简单，只要向它提问，让它按照诸如"如果是的话就前进一步，如果不是的话就后退一步"的方式回答就行了。但阿丽娜确信，与侦图机达成的哪怕一丁点儿协定，都会让他们俩不可逆转地展开对话，而阿丽娜可绝不会任由这种事情发生。

一天下午，阿丽娜穿上比基尼，等着侦图机，上校从工作室回来的时候，阿丽娜并没开门迎接它，而是戴好墨镜，拿上书，走出了家门，就像是终于等到有人来找她了。她走到平台那儿，俯卧到一张躺椅上。上校过了好一会儿才跟了过来，也许工作了一天后，它实在是懒得出来晒太阳。但这次阿丽娜会任由它触碰自己，以尽可能磊落的心境去想象那双老男人的手。如果这位"机控"在和"艺术家"斯温交流，那么她也许可以通过他给斯温发送一些信号。

另一天下午，阿丽娜把侦图机放在自己腿上，在书桌台灯的灯光下，她花了差不多一个小时的时间，用一把拔毛用的镊子仔细地拔掉了侦图机的一些绒毛，在它的前额上拔出一个整齐的万字符标记。斯温看到了那个标记，但却什么也没说，那可不是什么能被轻易忽略的标记。阿丽娜留下了自己的印记，斯温明显注意到了它，却公然地假装没看见。这让阿丽娜不由去想，当斯温和侦图机单独待在一起时到底会发生些什么，斯温会不会也假装不明白上校的意思，或者正相反，他会期待这样的时刻，他会热情地把侦图机举起来，给它鼓励和安慰。当他发现侦图机的脑袋上顶着一条女式内裤，或者看到它被拴在椅子腿上，没法到充电座上去时，会不会以他和阿丽娜两个人的名义向侦图机道歉？

而与此同时，她却跟斯温玩起了捉迷藏。一大早她就出去跑步，早到不用跟斯温一起吃早饭。而斯温晚上回来时也总是精疲力竭，总说"这一天真是太累了"，然后便在这样的基调下懒洋洋地去洗澡。等他洗完澡出来，阿丽娜已经睡着了。他们倒也会时不时地交谈几句，这样两人就可以各干各的事情，而不用宣称他们在闹别扭。

"我觉得我要做些改变了。"一天下午斯温这样说道，有那么一刻，阿丽娜还以为他要谈谈他们俩的关系。"我说的是那些双色单版画，"斯温马上澄清，"每天跟山德士上校共处让我有了一些想法。"

而这些就是"艺术家"那天所说的全部了。

阿丽娜在收拾她放在书桌上的纸张时发现了侦图机的乌鸦嘴，这是一个星期前她无意间一脚踢断的，当时她和斯温找了好半天都没能找到。等到侦图机从工作室回来，她指着自己的脚，叫它过来，给它展示了那个鸟嘴和一瓶黏合剂。可能上校也把这当成了一次"停火"，因为它根本没等人求就赶紧过来了。阿丽娜在它跟前俯下身子，打开黏合剂的盖子，在鸟嘴内侧涂了一条。

"过来。"她表现出了自己最温柔和蔼的样子。

侦图机靠近她，直到碰到她的双腿，这时，她忽然将鸟嘴粘到了侦图机的左眼上。

"姑娘们会很喜欢这个样子。"她说。

阿丽娜把侦图机放回地上，它笨拙地兜起了

圈子，一下子撞到了桌腿上，随即就迅速离开了。它没有朝着充电座去，而是钻到了床底下。阿丽娜趴到地上，伸长一条胳膊去够它，但每次上校都避开了。最后，阿丽娜不得不借助扫帚把儿才把它弄出来。她把上校赶出来两次，可它最后又都钻回到床底下。第三回，阿丽娜抓住了上校，把它放到房间中央的凳子上。她又放上杯子充当支架，再把手机安置好，开始用最大音量给侦图机播放尸体乐队*的演唱视频。阿丽娜不可能知道上校对这种音乐到底是喜爱还是厌恶，但她可以肯定，《僵尸肉体崇拜》†里那段足有七分十二秒长的斩首视频绝对会让上校"眼前一亮"，而且，它所能看到的屏幕还会因为它眼睛上粘着的胶而新添出一条横线。既然它已经过起了艺术家的生活，那就应该去敞开胸怀去体验另一种类型的生活。

还有一天下午，阿丽娜没给侦图机开门。她故意在侦图机从工作室回来前离开了家，跟卡门

---

* 尸体乐队（Carcass），来自英国利物浦的死亡金属乐队。乐队的作品显示了力量与速度的集合，歌词中多涉及人类肉体的腐烂、临死前呕吐的脏物、解剖时的气味、破裂的伤口等对人的感官产生强烈刺激的意象。
† 《僵尸肉体崇拜》（Zombie Flesh Cult），瑞典死亡金属乐队"重拳出击"（Facebreaker）的作品。

一起下山去了奥阿克萨卡。她想去趟市场，自从买了侦图机，她就再也没有去过市场了。两人在公寓楼旁边打了一辆出租车，一起坐到车后座上，还把车窗都降了下来。

"我的天哪！"卡门说。

就好像她刚说的是"终于""这才是我想要的"或者"太美了"这样的话一样，她闭上了双眼。风儿吹乱了她们俩的头发，拂过后挡风玻璃。那真是一种美好的感觉，阿丽娜也闭上了双眼，任凭自己的身体陷入每一次下坡时的坠落感中。她们坐在圣多明哥教堂对面的"巴斯克人"餐厅吃了午餐，然后又沿着阿尔卡拉大街一路走到市场。在市场里她们买了水果、泡茶用的香草、奥阿克萨卡本地产的巧克力、奶酪，还有几个不到十美元的银质手镯。之后，由于拿的东西太多，她们也没法再继续逛了，便端着两杯芒果汁在广场上坐了一会儿。

"好吧。亲爱的，说说看吧……如今都不怎么来借书了，到底在忙什么？"

阿丽娜笑了起来。

"忙不少事儿呢。事情总是不停地冒出来。"

她刚刚决定，自己永远都不会跟卡门说谎。

"是在忙着健身吗？镇子上的人都说看见你就像中了邪似的在跑步。"

"是在跟山德士上校做实验，但我现在还在寻找实验的方式。"阿丽娜说。

卡门用吸管喝掉她的最后几滴果汁。但看起来她还没好奇到要再继续问这方面的事。

在回程的出租车上，一台侦图机就待在前挡风玻璃旁，一直提醒司机注意那些有雷达测速的区域，这样司机就可以避免因超速被罚款，也会老老实实地在交通信号灯前停下。作为回报，司机每星期都会存五美元到海地的一个账户里。一个能匿名进入奥阿克萨卡每个城镇交通安全系统的年轻人负责搞定这一切。司机跟阿丽娜和卡门解释，只付五美元并不是因为他小气，而是因为在海地，五美元可算一笔不小的财富了。

阿丽娜回到家时，斯温还没有回来。侦图机正靠在门边等着。有人在上校脑门上的万字符上贴了一张展览的小广告：这个星期那个俄国人要办展览。阿丽娜被邀请参加七点钟的鸡尾酒会，当然了，她是不会去的。阿丽娜打开房门，走了进去。她先把侦图机拿起来，撕下那张小广告，扔到垃圾桶里，然后把侦图机放在她那间小厨房的桌子上。她一会儿打开那些抽屉和食品柜，一会儿又把它们关上。她心里知道接下来要干什么，但还没决定要怎么去做。上校在桌子上从一边移动到另一边，研究着桌子边缘的"深渊"。

"别乱动。"阿丽娜对上校说。

可侦图机并没有安定下来。于是，阿丽娜拿出一个锅，将上校放到锅里，这可是它自找的——现在只有几厘米的空间能让它转转身子了。阿丽娜找了根绳子，将乌鸦侧着放倒，在它的两条腿上打了好几个结。她用两根一米多长的绳子把它缠得悬在了轮子基座上，就像有人往它的身子里塞了一个大大的卫生棉条。阿丽娜把凳子搬到房间中央，放在吊扇下面，手里捧着乌鸦爬上凳子，费了好半天的工夫，终于把侦图机头朝下绑到了吊扇上。阿丽娜走远一点看了看，还拍了几张照片。侦图机就像一只被拴住脚倒挂着的鸡，要是它试图动弹，轮子就会把线绳卷进去，让它一下摆到这边，一下又摆到那边。乌鸦尖叫起来。阿丽娜打开第二个抽屉，取出一把剪刀。那是一把铰合力很强的大剪刀。阿丽娜把剪刀开合了好几次，心想也不知道它够不够锋利。乌鸦看到了剪刀，再次尖叫起来。

"闭嘴！"阿丽娜喊着，心里倒是期待着它不服从这命令，那将是她最终行动所需要的动力。

当乌鸦第三次叫起来的时候，阿丽娜朝凳子走过去，手里拿着剪刀，"嚓嚓"两下子，剪断了乌鸦的翅膀。

有时候，聊天区会出现一些马尔文从未在练功房里见过的用户。"高乔怒汉"向他解释，那些用户都曾在他们的俱乐部里待过，不过在被解放了以后，他们都更愿意离开，自己选择要去哪里生活。比如，"高乔怒汉"的朋友Dein8Öko就成功登上一辆公共汽车，去了瑞典，他有个女儿住在那里。那姑娘已经有三年没跟她老爸讲话了，但是，她家院子里有两台侦图机，当她看见那只被雨水淋成落汤鸡的毛绒鼹鼠停在她家门口时，就立刻收留了它。

　　有一次，一个马尔文之前从未见过的侦图机用户突然加入到聊天中来：

　　Mac.SaPoNJa= 我的电池最多还能撑五分钟。

狗把定位器咬掉了，拜托了，我觉得自己在普莱斯特赫亚街 2 号的地下室里。

Z02xxx 和 Kingkko 当时也都在线。他们给杰斯佩发了信息，但却没能联系上他。虽然普莱斯特赫亚街在镇子的另一头，但他们还是设法救助。Kingkko 搜索了那个区域住户的电话号码，然后随机拨打电话。"您住在普莱斯特赫亚街吗？您家有地下室吗？我们认为有一台侦图机正濒临死亡，您能到地下室去检查一下吗？"但还有人不知道侦图机是个什么东西。七分钟之后，他们失去了与 Mac.SaPoNJa 的联系。后来，当杰斯佩循着定位器试图找到它时，并没有任何线索引导他去普莱斯特赫亚街 2 号，最终，在他猫着腰在水产店运货卡车的车底下搜索时，找到了 Mac.SaPoNJa 的定位器，旁边丢着一个从垃圾堆里翻出来的袋子，一只流浪狗正淡定地啃着定位器。这样的事情时不时就会发生。其他侦图机的死亡总是把马尔文他们更紧密地联系在一起。大家都开始考虑起这件事来。不过这倒让马尔文暂时忘却了另一个已经变得分外无聊的世界中唯一让他担忧的事情——考试成绩马上就要公布了，而他还得把成绩拿给爸爸看。

一天晚上，在跟 Kitty03 溜达了很久以后，马尔文在平板电脑上收到了一封杰斯佩的邮件：马尔文的侦图机配件已经制作完成了，当天下午就可以安装，等他第二天在安提瓜一觉醒来，他的侦图机就已经准备就绪了。

"我要去摸雪喽，"第二天上午学校课间休息时，马尔文宣布了这个消息，"等我回到家，霍宁斯沃格那边就一切就绪了。"

他的朋友们不再谈论女人屁股的话题，也不再聊迪拜了。他们都在听马尔文说话，目不转睛地盯着他，心里嫉妒得翻江倒海。那个操控的侦图机在迪拜的朋友已经试过让自己的侦图机出走，因为他想要"自我解放"。他已经试了三回，但每回侦图机都被找了回来。"机主"已经在起居室周围加了围栏，这让侦图机彻底与出走绝缘了。

"有计划了吗？"朋友们问道。"你知道怎么从练功房去有雪的地方吗？"

这些他早就计划好，也做好了笔记。至少他已经知道去镇子出口的那段路该怎么走了。

雪龙＝今天下午我就要上路远行了。

Kitty03＝ 向勇士们致敬 :-)

　　刚一打开侦图机，马尔文就在聊天区发布了
消息。聊天区里沸腾起来，大家立刻纷纷建言献
策。但直到侦图机从待着的柜子里出来，看到自
己在镜子中的模样，马尔文才明白他那装备了各
种配件的侦图机发生了多大的变化。杰斯佩给马
尔文解释了那些配件都有哪些功能。电池扩容后，
侦图机有差不多两天的时间可以自主行动，当然，
这也取决于具体的用电情况。杰斯佩凑近了一些，
几乎是耳语般地对马尔文说：

　　"你看一下邮件，我刚刚又给你发了些东西。"

　　那是一张霍宁斯沃格的地图。图上标了七个
红点，邮件里解释说，那些红点都是充电基座。
这就像有人给你发来了一张埋藏了七件宝物的寻
宝图。杰斯佩向马尔文解释，他不会把这个信息
跟他大多数的侦图机分享，因为从长远看来，这
会把他们置于一种危险的自由之中。可要是有人
要去完成重要任务，那些充电基座就能在他们身
处险境的时候帮到他们。马尔文笑了，两条腿在
书桌下面摇摆起来。这会让这趟旅途变得更轻松。
屏幕上的杰斯佩也在对着他微笑。

"现在你要注意了，雪龙。"

然后他便开始为马尔文演示该如何开启雪地专用轮。那些轮子的高度都达到了侦图机身高的三分之一，这让雪龙的摄像镜头有了更宽阔的视野，就好像它一下子长高了一样。

Kitty03= 哎哟，快瞧我们雪龙今天多帅，哎哟喂……

雪龙决定出发的时候，Z02xxx 和 Kingkko 都在旁边转悠。Kitty03 提议让雪龙站到塑料门帘那儿去，然后他们仨一起轻轻地把雪龙推出去，还说这样会给雪龙带来好运。

杰斯佩正在街上等着雪龙。他那些姑娘中的一个正挎着他的左臂，根本就不明白眼前发生的这一切到底是怎么回事。杰斯佩在雪龙跟前俯下身来。

"要是出了什么事就赶紧发警报，我一定会来的。"他说着，向雪龙亮了亮他竖起了大拇指的拳头。

雪龙高兴地咕哝了几声，下了坡，朝右边拐去。

Kitty03= 为我们所有人都摸一摸雪啊！

Z02xxx= 我们会在这儿关注着你的，冠军小子

Kingkko= <3<3<3<3<3[*]

在正式踏上他前往雪地的冒险之旅前，马尔文让侦图机从那家家用电器商店的橱窗前经过。尽管所有的人行道上都有残疾人通道，过马路、上下人行道都很方便，但雪龙还是花了好一会儿工夫才走到那儿。它紧贴着墙走，以免被哪个在夜间游荡的醉鬼看到。他发现那家商店比他待在橱窗里想象的要更狭小寂寥。在吸尘器中间，他看到了他让杰斯佩送的那束花，被插在一个漂亮的土耳其罐子里。花束已经凋谢发灰了，但还是能看出那曾是一束绚烂怒放的花朵。店里那位老妇人还没有把那束花扔掉，就好像还在期待着他回去似的，这让他很高兴。身在安提瓜的马尔文有些哽咽，心想他本可以不抛下这位他唯一的主人。

马尔文让雪龙顺着港口的土坡一路下行，朝

---

* 在网络语言中，"<3"代表"爱心"的图案，此处为"比心"的意思。

杰斯佩给他标记的有雪的地方走去。两只狗跟在雪龙身后，一直在闻它，还试图咬它的轮子，一边哼唧一边用嘴朝前拱它。马尔文想起了 Mac. SaPoNJa，开始担心起他的冒险之旅会不会比预期的短得多。最后那两只狗终于走开了。要穿过整个镇子并不容易，而且根本走不快。虽然眼下妈妈的账户里连一欧元都没有了，但只要他一想到他可以作为侦图机活下去，就算活上一个世纪，也完全不用操心钱的事情，就觉得很高兴。他可以在安提瓜吃饭和睡觉，时不时照顾一下自己的身体，与此同时，他也能平静地度过在挪威的日子，在一个又一个的充电基座上充电，既不会去馋一块巧克力，也不会需要一条毯子来过夜。不需要靠这些东西活下去让人有种超级英雄的感觉，如果他最终找到了雪，那他余生都可以生活在雪地里，反正那雪也不会让他感觉到一丁点儿寒冷。

有那么一刻他失去了平衡，沿着碎石坡朝海滩滚了下去，不过滚了几米后就停住了。他被石头卡住，倒在了那里，虽然他的轮子不小，但要站起来似乎根本不可能。这时，他听到背后传来了脚步声，有个男人正在靠近。雪龙发出一阵咕哝声，男人看到了侦图机，转而朝它这边走来。

他把侦图机举了起来，盯着它看了一会儿，把它的轮子朝两个方向都转动了一下，又把它晃了晃，就好像在摇晃一盒核桃。马尔文暗想，电器商店的那张标签会不会还在雪龙的轮子中间。终于，那个男人对侦图机腻烦了，把它又放回到地上。马尔文担心那男人会把侦图机再拿起来，立刻就操控雪龙跑开了。但是那个男人连动都没动，他在原地待了半天，好奇地看着雪龙跑远了。

马尔文原来一直以为，对他的小龙侦图机来说，人类是最大的危险。他从来都没想过水井、石头和冰会是顽固地妨碍雪龙前行的东西。所以，当他最后被困在一辆卡车底下时，他一点也没觉得意外。装上新轮子后，要估算雪龙的高度就有些困难了，到了半夜时分，在穿越了整个霍宁斯沃格并且已经往有雪的地方爬了老远的坡以后，他选了一条近路，但是却被卡在了地面和汽车油箱中间。

Kitty03= 雪龙，一切都顺利吗？

眼下的处境实在让人沮丧得连提都不想提。自从离开了俱乐部，马尔文一直没有再参与聊天。

有时候他会读读聊天内容，借此来消遣一下，但是他并没有发言。有一次他看到了自己的名字，那是大家在问他的情况。看到 Kitty03 和 Z02xxx 都在担心他，他心里挺高兴的。一有好消息，他就会马上通知他们的。

可此刻雪龙却被困住了，尽管马尔文竭尽所能想让它逃出来，但它的头就像是被粘在那个该死的油箱上了。爸爸叫他去吃晚饭的时候，他除了为侦图机的生命和电池电量祈祷之外，也只能听天由命了。

到了第二天，马尔文一打开平板电脑，就看到那辆卡车已经不在那儿了。已经有人把侦图机放到了水产商店的后门边。马尔文心想，是不是有人及时发现了雪龙，或者，是不是卡车开动时雪龙滚倒在卡车底下了。那它一定被刮擦得非常严重吧？然而，看起来侦图机倒是一切正常。唯一的问题是电池：只剩下 4% 的电量了。马尔文查阅了杰斯佩发给他的地图，两个街区外就有一个充电基座，他操纵着侦图机直奔那里而去。根据地图的指示，充电基座在镇上唯一的一家加油站边，离得并不远。雪龙心无旁骛地向前走，穿过一条条街道，一路上时刻注意着优化电量。加油站的后面有一个小广场，广场再过去，在七个不同颜色的垃圾桶后，隐藏着一个堆木柴的棚子。有人在棚子上歪歪斜斜地锯出了一个门洞。棚子里面是空的，几缕光线透过木头顶棚的缝隙照了进来。充电座就被放置在一个角落里。它看起来脏兮兮、潮乎乎的。雪龙的电池只有 2% 的电量了。它向充电座靠近，并没有过度加速。要是出于什么原因，这个充电座充不了电，那它可就完蛋了：就算现在发出警报，杰斯佩也很难及时赶到。雪龙爬到充电座上就位。在控制面板上，电池的红色标志变成了黄色，显示为充电状态。在一片飘浮在空中的微尘中，它看到有人在对面的木头上写下的字："呼吸吧，你已身处自由的领域。"马尔文吁出了一口气。他要让侦图机在那儿待上一整晚，那是个安全的地方，第二天，等雪龙充满电后，就能继续向着有雪的地方进发。马尔文终于瘫倒在他爸爸的椅子上。直到这时他才发觉，他的书包还背在身后呢。

埃娃正在上瑜伽课——为了得出这个推论，艾米莉亚颇费了些工夫，但现在她已经很清楚了——克劳斯一边看球赛、喝啤酒一边等埃娃时，她就是在上瑜伽课。艾米莉亚本来还期待着埃娃会将这项新活动告知她，可自从克劳斯开始在这个家里四处活动，埃娃便不再在椅子腿上给侦图机贴各种小纸条了，她们的沟通也没有以前那么顺畅。

有时候，在只有她们俩的时候，埃娃会对着镜子练瑜伽。

"我做得好不好？"埃娃问，"我看起来怎么样呀，我的小胖妞？"

她看起来棒极了。艾米莉亚总是让侦图机兴奋地叫上几声，埃娃便笑起来。有一次，艾米莉亚跑到埃娃旁边，轻轻碰了几下她的左脚跟，直到埃娃弄明白她的脚应该放到与肩同宽的位置。虽然艾米莉亚从来没练过瑜伽，但她年轻时练过三年健美操，这让她对这一类运动有了一定的概念，而这种知识往往都是触类旁通的，可以应用于其他运动。

有好多次，差不多有一半的时间，艾米莉亚启动侦图机时，都只有克劳斯一个人在家，每当看到只有这个德国人在，艾米莉亚都小心翼翼地保持不动，也不发出任何声音。她选择用装睡的方式来监督克劳斯。她让侦图机的眼睛半睁着，但一动都不动，在那德国人探头进入镜头时，她也不做任何回应。总之，关于一台侦图机到底如何运行，那个男人又知道些什么呢，估计他这辈子连一本说明书都没看过。

克劳斯还在继续从埃娃的钱包里拿钱，仍然坐在电视机前，一边摆弄自己的生殖器，一边打些淫荡的色情电话。那副样子真是令人厌恶，最后，艾米莉亚实在是烦了，便从电脑前走开，忙活她自己的家务，只是时不时地到走廊那儿去看一眼埃尔福特的情况。

艾米莉亚知道放任那个男人不受监督是不负

责任的行为，还知道那姑娘迟早得出事，而艾米莉亚是唯一一个能指认出罪犯的人。她把这件事跟格洛丽亚说了，格洛丽亚便把自己的手持摄像机借给了她，还给她解释该怎么用。她现在已经可以像个出色的侦探那样处理事情了：她确实不用时刻关注埃尔福特发生的事情，但她每天都会检查一下连线时摄录下来的视频。如果出了什么事儿，她手头有现成的视频，可以立刻发给警方。

有时候，艾米莉亚会随机检视一些视频，只是为了确认这些材料都好好地保存着，这样她也就放心了，当然她也是为了知道万一出事儿了，她能提供什么样的证据和材料。那天，当格洛丽亚打电话来问艾米莉亚能不能顺路来她家看她时，艾米莉亚就忙着在查看视频。一开始，这个意外的来访让艾米莉亚有些不高兴，因为她不得不在格洛丽亚来之前赶着把家里收拾一下，但随后她想起了克劳斯，想起她终于可以向别人展示一下她在埃尔福特的小世界，于是她答应了格洛丽亚，并急急忙忙地把起居室和厨房都打扫了一遍。之后她又审视了一下家里的情况，就在她从电脑前走过时，纯粹是出于习惯，她扫了一眼埃娃的公寓。就在擦浴室镜子的时候，她突然想起了自己刚才看到的东西，便把抹布往洗手池里一扔，摘掉手套，回到电脑那儿，想再查看一下埃尔福特的情况。此时侦图机正待在窝里，从它所处位置拍摄的水平影像显示克劳斯正在电视机前喝啤酒，艾米莉亚的全部注意力都集中在那德国人穿着的红色 T 恤衫上，那上面印着"克劳斯·伯格"和数字"4"。艾米莉亚把自己的柳条椅拉了过来，坐到书桌前。名字和数字下面还写着"埃尔福特'红与白'"的字样。艾米莉亚马上打开浏览器，用谷歌进行了搜索。正如她所想的，那是一个足球俱乐部的名字。在俱乐部的网站上有球员名单，克劳斯·伯格就在其中，与艾米莉亚平时在电脑屏幕上看到的那个瘫在沙发上的克劳斯不同，网站照片里的那个人看起来要迷人得多，也专业得多。可艾米莉亚才不会轻易上当，这明明就是同一个人。她又单独用谷歌搜索了克劳斯的名字，在好几个社交网站上都找到了他。克劳斯几乎所有的照片都是一样的：要么手里拿着一个足球，要么搂着一个姑娘的腰，要么就跟其他球员勾肩搭背。艾米莉亚发现，埃娃没有出现在任何一张照片上，这让她不由有点失落。她应该跟埃娃联系，给她写邮件吗？艾米莉亚对此也不太肯定。

她能跟埃娃说些什么呢？"你多穿点儿""你再多吃点儿吧"还是"你去找个好男人吧"？

克劳斯的联系方式就在那儿，一条接一条整整齐齐地排列着。当艾米莉亚将视线停在他的电话号码上时，就立刻知道接下来该做什么了，因为在那儿坐等不幸的事发生可不是她的行事方式，她要是抱着双臂啥也不管，可养不出她儿子那样的孩子。她找来手机，输入克劳斯的号码，给他发了一条信息：

"我知道你从埃娃的钱包里拿钱。"她是用西班牙语写的。

把信息发出去后，艾米莉亚才悚然惊觉，在收到那条信息的同时，克劳斯也会知道她的电话号码。这时，她想起了伊内丝一直以来坚持的观点，拥有一台侦图机就是在向一个完全陌生的人敞开你的家门，她第一次明白了这话指出的实实在在的危险。她的手机铃声"叮咚"地响了一声，通知她收到了一条新信息，一阵恐惧的寒战迫使她站了起来。她真的收到了那个德国大块头发来的信息吗？艾米莉亚突然想到了她的丈夫，但她自己也不知道为什么突然想起他。最后，终于她鼓起勇气，伸出手拿起了手机。那条信息是这样的：

"埃娃每星期付给我 50 块，来换取我超棒的性服务。您也想加入我们吗？"

艾米莉亚看得懂英语，这条信息让她在那么几秒钟的时间里不由屏住了呼吸。接着，手机响起来，她自己的手机，就在她自己的手里响了起来。显示的是克劳斯的号码。艾米莉亚知道，如果她不接这个电话，自动答录的声音就会马上响起，她想象着克劳斯听着她那口秘鲁西班牙语的样子，听着老妇人致歉的话语，以及她确定回电话的承诺。她都不敢再去看电脑屏幕了。她没戴眼镜，所以，她一遍又一遍地看着那条短信。就在她边看边瑟瑟发抖的时候，克劳斯可能已经把侦图机从它的小窝里揪出来了，他可能心下暗爽，因为终于可以把它塞到厨房那哗哗流着水的龙头下，他甚至可能已经把它扔到窗外。也许她已经"死"了，只不过她现在还不知道罢了。艾米莉亚把手机放到桌子上，鼓起勇气，转过身看向电脑屏幕：水平影像仍保持静止。她一动不动地等了一会儿，直到确定克劳斯并不在附近。她必须得冷静下来。她做了个深呼吸，等待着。没有听到电视的声音，实际上，公寓里一片寂静。也许克劳斯就是个胆小鬼，根本不敢报复，总之，他对侦图机做的任何事情最后都会对他与埃娃的交往不利。从侦图机待的地方没法完整地看到起居室和厨房，但看起来屋里真的没人。克劳斯总背来，而且总放在门边的背包已经不见了。艾米莉亚松了一口气。就在这时，她看到了那个。在起居室的镜子上，有个用红色唇膏写的"婊子"，就写在一台侦图机可以够得到的地方，尽管实际上并没有哪台侦图机能在镜子上写字。那个词真是触目惊心，是用英语写的，艾米莉亚心想，也不知道埃娃能不能看懂。距离埃娃到家还有二十分钟，就算艾米莉亚竭尽全力，她也明白，侦图机根本没有办法站起来把那两个字擦掉。

埃娃一进家门便将挎包放到桌子上，随即就看到了自己唇膏的盖子被旋开，而且被搞得一塌糊涂地扔在了地上。

"这是怎么回事儿啊？"她问道。

她尽量让声音显得威严有力。然后她走近侦图机的小窝，发现了镜子上的字。这姑娘真的相信一个躺在自己窝里的侦图机能在那个高度写出那样的字吗？现在艾米莉亚真的想给埃娃写邮件了，她想冲着埃娃大声喊："不是我干的！必须把那个男人从家里赶出去！"

"这是谁干的？"

艾米莉亚转动着侦图机的轮子，她有一种感觉，只要能从窝里出去，能动起来，她就能找到为自己解释的办法。但埃娃看起来实在是太生气了。她用清洁剂把镜子擦干净，还把那根唇膏扔进了垃圾桶。然后她就坐到了电视机前，她的坐姿跟克劳斯十分相似，在艾米莉亚看来不乏挑逗意味。埃娃伸长胳膊，拿起放在沙发旁边的啤酒，一边喝一边不安地斜眼看着侦图机。过了一会儿，她又站了起来，径直向侦图机走去，把它抓了起来带到卫生间。这是怎么回事？艾米莉亚从没进过埃娃的卫生间。一种既害怕又兴奋的感觉让身在利马、待在电脑前的艾米莉亚很不舒服。埃娃把侦图机放到浴缸里，最后骂了它一顿，然后关上灯，走出卫生间，关上了门。

艾米莉亚在已经黑屏的电脑前僵住了，要想逃出浴缸肯定很困难，比处理刚刚发生的所有事都更困难。过了几分钟，当门铃声让她从椅子上惊跳起来时，她还在苦苦思索该怎么逃出浴缸。

过了一会儿她才站起身来，才想起格洛丽亚要来拜访。她捋了捋头发，穿过餐厅。她还没有整理完屋子，但现在这件事对她来说已经完全不重要了。门铃又响了起来，格洛丽亚叫着她的名字，敲了敲门。艾米莉亚一打开门，她便捧着个盒子走了进来，将盒子放在餐厅的桌子上。

"把这个打开。"格洛丽亚说道，带着一丝艾米莉亚并不喜欢的狡黠笑意。

两个人都看向那个盒子。

"赶紧的。"格洛丽亚撕掉了一部分的礼品包装纸。

艾米莉亚马上就明白了，那是一台侦图机的包装盒，那盒子已经被打开过，而且还有点儿脏。格洛丽亚拿出了一个充电器，一条连接充电器的电源线，一本说明书，最后，是一个用擦碗布包裹着的侦图机。她格外小心地把侦图机交给了艾米莉亚。

"这可是一件礼物，"格洛丽亚说道，"所以是不能退货的哦。"

艾米莉亚想起了克劳斯，想起了埃娃把唇膏扔进垃圾桶时的冲天怒气。她觉得这事有点儿闹大了，已经超过了她能掌控的程度。她拿掉了裹着侦图机的布，吃惊地发现，这台侦图机竟然也是一只兔子，跟她在埃尔福特操控的那只一模一样。艾米莉亚记得她的卫生间里有一个足够结实的发卡，她想，要是把那个发卡别在这台兔子侦图机的两个小耳朵中间，就像埃娃对她操控的那台侦图机做的那样，那就像拥有了一个在家里四处溜达的她自己。艾米莉亚微笑起来，她并不想让自己的朋友太过兴奋，但她的神情已经将她的内心表露无遗，格洛丽亚带着她特有的热情拍起手来。

"我就知道你们俩是顶顶合适的一对。"她说道。

艾米莉亚把兔子放到了桌子上。她心想，它是那么温柔、那么漂亮，怎么会有人舍得抛弃这样的小可爱呢？她看到小兔子闭着眼睛时，才意识到自己已经好久都没看到过谁闭着双眼了，也许已经有好几年了吧？她儿子从香港来看她，在电视机前睡着了的那回可能就是最近的一次了吧？

"它应该是在休息。不过它已经充好电了，"格洛丽亚说着，把充电座插在起居室门边的电源上，"我们喝点什么吧？"

格洛丽亚离开后，艾米莉亚收起杯子，换上了睡衣。小兔子还是一动不动，她便把它留在起居室，放在充电座上，便上床去了。半夜时分，艾米莉亚惊醒了。她梦见了什么来着？她发誓自己梦见了克劳斯，到底发生了什么事她倒记不得了，但肯定是很可怕的事情。她打开灯，走进起居室。侦图机还在它的充电座上，双眼紧闭着，跟她上床前没什么两样。

既然睡不着，艾米莉亚就走到她的柳条椅那儿，打开了电脑。这是她头一次在这个时间点启动埃尔福特的侦图机。她看了下表：秘鲁的凌晨三点十分，就是德国的早上七点十分。她的侦图机在厨房的桌子上，待在一个以前从未待过的桌角上，这让她有了一个观察这套公寓的全新视角。随后，艾米莉亚在电脑屏幕上看到了充电的标识，于是她就都明白了。埃娃已经原谅她了，她已经把侦图机从浴缸里拿出来，放到它的充电座上去了，就像她儿子告诉她的一样，每天晚上，当她在利马安详地熟睡时，埃娃就会给她的侦图机充电。公寓里已经有一些亮光，她的侦图机不用从充电座上下来，就能看到冰箱上贴着的照片。那些照片里没有一张有克劳斯，而在正中间，就在日历下面，有一张埃娃跟她的合影，其实是埃娃和小兔子侦图机的合影。埃娃坐在她的沙发上，照片是从上面俯拍的，没准儿就是克劳斯拍的呢。

埃娃像抱着一只幼崽一样抱着她的小兔子，嘴唇嘟着，正准备给小兔子一个吻，艾米莉亚看到照片中的自己双眼紧闭，正甜甜地睡着。她觉得这张照片包含着一种触动人心的温柔，便拿出手机，给电脑屏幕拍了一张照片。明天她就去把这张照片打印出来，贴到自己的冰箱上。她会把照片贴在正中间，把那些印着外卖广告的冰箱贴都弄到一边儿去，好在每次经过冰箱时都能一眼看到那张照片，就像埃娃做的那样。

他看到一片暗夜，在夜空下，人群向天空高举起手臂。他在空中旋转，坠落，又再次被抛起。天际线上，大城市那如巨齿一般的轮廓正在熠熠闪光，而在他眼前闪烁的则是舞台的灯光。音乐震天轰响，将他裹挟其中。大鼓的每一次敲击都令观众战栗。他看到了小号手和贝斯手，灯光和摄像机在乐手之间迅速穿梭，从体育场的一头飞跃到另一头。一个声音在嘶吼，千万个肆意迷醉的声音在回应。此时他被抛向空中，被接住，又再次被抛起。有时他只能看到天空中那一片幽暗的靛蓝。有时，在下落时，他会先看到手和脑袋的海洋，一秒钟后，又会看到一张他从未见过，也不会再次见到的面孔，它正等着他，眼看就要与他相撞。这已远远超出了他的梦想。哪怕他并未真的身临其境，那一切仍令血液在他的指尖沸腾。他想永远保有那一切，所有那些交替出现的面孔，所有那些等着接住他又将他再次抛起的人。那些喊叫，那些震撼，一次又一次，还有那个响亮的、丝绒般的、与观众同声相和的声音。他别无所求，只想要化身其中。有一张面孔已经是第二次出现了，那个姑娘大大的眼睛里闪着狂热的光芒，她如痴如醉地接住他，又再次把他抛起。他在空中翻转着，意识到在人群散开的时候会形成危险的空当，要是没有人接住他，那一切就都完蛋了。他们都在地面上，有时，在他上下颠倒的那个瞬间，地面也好似在天空上，而他却总是在空中，在两个世界之间旋转，祈祷着有人能接到他，好让他有命再活下去。

当他落下来摔到地上时，音乐声戛然而止，电脑屏幕闪动了几秒钟便黑屏了。伊斯马尔任由自己瘫倒在椅子上。他等待着，眼睛睁得大大的，因为声音是突然间消失的，这让他有点茫然无措：营地的警报声停止了。爆炸声、射击声都停止了。医疗帐篷的灯又点起来了。换班的人很快就要来了，他们会要求他离开这间临时办公室。此时的寂静犹如一顶厚重又可疑的穹顶，笼罩着塞拉利

　　　　　　　　　　侦图机

昂的夜晚，笼罩着山丘，也笼罩着这座小茅屋和
小溪另一边那数百顶白色的帐篷；而他那粗糙的
手，仍然在鼠标上微微颤抖。

今天是个好天儿，天气预报说这个周末都会是晴天。恩佐已经准备好背包、一顶小帐篷和他的钓鱼竿。现在就剩下忙活早餐和照顾卢卡了。卢卡正睡眼惺忪地看着他的热巧克力，也许正琢磨着该怎么跟他妈妈一起度过在海滩上的几天。恩佐已经跟卡洛约好，九点钟在温贝尔蒂德镇出口处的圆形广场碰头。他本来想带上侦图机，但他知道卡洛会不高兴，因为卡洛邀请他去钓鱼，除了是想让他从家里出来转转之外，就是为了让他跟侦图机分开一阵子。不过恩佐已经有一个计划了，而且他觉得这个计划一定会成功。不管恩佐做了什么让它受伤或者愤怒的事情，等鼹鼠看到绿色的特维勒河，听到恩佐和卡洛那些漫无边际、没完没了的闲聊，了解到恩佐在朋友们心目中到底是个怎么样的人，推断出他们对彼此而言意味着什么，这个一直固执地不肯交流的家伙说不定也会心软呢。恩佐简直已经有些魔怔了，对此他自己也心知肚明，既然清楚这一点，就说明形势还没有完全脱离掌控。其实恩佐只不过觉得，两个孤独的人，就算所处的世界天差地别，也会有不少可以一起分享、向彼此展示的事情。恩佐需要那样的陪伴，他希望他们二人都能享有那样的陪伴，所以不管怎么样，他都得努力去争取。

他煮上咖啡，准备烤面包片。鼹鼠在那些大包小包之间转来转去，可能是被他兴师动众的准备惊到了。

在吃早饭的时候，恩佐向侦图机说明了他的出行计划，直截了当地告诉它：

"密斯特，您跟我一起去。"

恩佐知道侦图机会心绪不宁，他以前从来没有带侦图机离开家这么长时间，他也从来没有让侦图机离开卢卡这么长时间，恩佐知道，后者尤其会令它惶惑不安。此时，侦图机一动不动，怔怔地待在卢卡的椅子边，既没有尖叫，也没有去撞桌子腿。侦图机的静止不动令恩佐和卢卡倍感惊奇，父子俩都俯身朝它瞧去，觉得没准儿是出了什么怪事。这时，他们听到了朱莉娅的汽车喇叭声，男孩跳了起来，穿上外套，跟恩佐招呼了一声，背上背包，道了声再见便出门了。在离恩佐几米远的地方，地板上的侦图机仍在望着他。恩佐收拾起没吃完的早餐，这时，他又听到了朱莉娅的汽车喇叭声。怎么了？车门嘭的一声响，卢卡又走了回来，这会儿恩佐能透过落地窗的窗帘看到他，他正用自己的钥匙打开门。汽车的发动机熄火了，又是嘭的一声车门响。难道他前妻也下车了？

"爸爸。"卢卡的声音又一次在家里响起，语气里满是要辩白的意思。

"这怎么行啊，"跟在孩子后面进来的朱莉娅说，"在外面要待一个周末呢，你居然连一件外套都没给他放。"

朱莉娅盯住了地面，显而易见，她并不是在找外套，她在家具之间和桌椅下面找来找去，带着一丝僵硬的笑容搜查整间房子，那笑容恩佐很熟悉，这就是朱莉娅在伪装时最笨拙、最漫不经心的方式。

"在这儿哪。"卢卡叫着，拿起了自己的外套。

但恩佐的前妻已经找到了侦图机。

"咱们走吧。"卢卡说，把他妈妈朝门外拽。

恩佐明白了，卢卡为他撒了谎。朱莉娅可能问了卢卡侦图机是不是还待在家里，而卢卡说了谎，为他说了谎，为他爸爸和那个"玩偶"之间"辉煌"的友谊说了谎。这时候电话响了，响了三声就停了。朱莉娅已经朝恩佐迈出了一步，准备为侦图机的事情而斥责他，听到电话声后，她停了下来。

"这里也出了这种事吗？"她问道。

"哪种事？"恩佐说，尽管他已经很清楚自己的前妻指的是什么事了。

卢卡望着恩佐，圆圆的小脸像纸一样煞白。这时电话铃又响了三下，然后就停了。据恩佐所知，这种事在他家可是头一回发生，但卢卡的神情让他感到非常不安。当电话铃再次响起时，卢卡吓得把背包扔到了地上，朱莉娅则朝着电话冲过去，接起了电话。

"喂，"她说，"说话，说点什么啊，混蛋。"

她看了卢卡一眼，挂了电话。恩佐突然发现，在大家都没注意的时候，侦图机已经走开了，很可能躲到了它那位于扶手椅下面的窝里。

"在我家里他们也不回话，"她说，因为那通电话，她感到惊恐万分，似乎已经把侦图机忘掉了，"至少在我接电话的时候，他们不回话……"她说着，看向卢卡，男孩盯着地面，甚至不敢抬起眼来。

朱莉娅捡起卢卡的背包，一把攥住他的手腕。

"咱们走。"她说。

两人朝着大门走去，恩佐跟在他们身后。朱莉娅打开门，朝着汽车的方向推了一把卢卡，好让他走在自己前面，然后，她愤怒地转向恩佐，刻意压低了声音。

"我会去找个女律师，"朱莉娅对恩佐说，"我要把卢卡从你这儿带走，然后，我还会把那玩意儿埋到你那该死的温室里去。"

汽车发动的时候，恩佐还抬起手挥了一下，但车上的两人谁也没有回应他。

回到起居室后，恩佐等了一会儿，但他并没有见到侦图机。恩佐不想再继续寻找它了，他已经腻味透了，不想再继续扮演被需要者和被冒犯者。此时满腔怒火让他气得动弹不得，透不过气来。

"打电话呀！"他在房间里大喊道。"让那该死的电话响起来呀！"

到底发生了些什么？他儿子和侦图机之间到底出了什么事？他考虑了所有可以把侦图机打破、弄断、变成碎片的方式，各种各样的想法不断地冒出来。然而，他还是向后退了几步，拿起自己的背包和外套，走出了家门。到了门外，他看了看自家的木门、门上的门镜和已经磨损严重的门环，然后，他看到了侦图机，它就在那儿，在落地窗里，在玻璃和窗帘之间，正一动不动地注视着他。

一个星期刚刚过半，格里戈尔就已经没有可以用的平板电脑了。他又一次留妮克莉娜一个人在家干活，一路"潜行"到了萨格勒布市中心。他先去了伊利卡大街上他还没去过的那几家商店中的一家——他没去过的店现在已经屈指可数，买了两台平板电脑，又在对面一家卖电子产品的小店里买了三台。他感觉自己已经很久没在哪个地方踏实坐会儿了，便放任自己坐在特卡尔其切瓦街上一张沐浴着阳光的小桌子前。他坐在那儿，就好像离开多年后又回到了自己的城市，接着他便决定要吃顿午餐。街对面，一位也在独自用餐的老太太冲着他微笑，格里戈尔也向她报以一个和善的微笑。他发现自己现在很安心，因为 B 计划进展得非常顺利，当伙计过来问他想点些什么的时候，他突然感到一阵强烈的饥饿感，恨不得给自己一气儿点上两份菜。

　　旁边那一桌上，两个男人正在跟一台侦图机玩牌。三个玩家面前都摆着一副牌，呈扇形反扣在桌上。桌子中央堆放着已经过手的牌。要是那台侦图机向前朝它那副牌中的某一张移动，另两个人就立刻把那张牌放到桌子中央去。如今到处都是侦图机，连格里戈尔的老爸似乎都开始明白那到底是个什么玩意儿了。它们随时都会出现在新闻里，或许是因为它们奇异的颜色，或许是因为它们被牵涉进了各种诈骗、盗窃、勒索事件。侦图机的用户们还在各种社交网络上分享它们的视频，他们把侦图机绑在无人机上，装在滑板上，或者让它带着吸尘器满屋子转，鼓弄出了各种各样的土造发明。有侦图机在指导人们做装饰装潢，也有侦图机擅长给人出谋划策，甚至还有侦图机专门在面对各种罕见事故时上演绝处逢生的奇迹。一台熊猫侦图机把一只猫吓得一下子跳得老高。一台戴着圣诞帽的猫头鹰侦图机用鼻尖敲击七个杯子，奏出了一支圣诞歌曲。侦图机的使用已经广泛到了这种程度，可仍然没有任何关于应用侦图机的规定，这真是一个奇迹。对格里戈尔幸运的 B 计划而言，这奇迹不啻为一把圣火。

格里戈尔步行回家，到家之后，他直奔自己的房间，把新买的平板电脑放到写字台上。妮克莉娜立刻朝他转过身来。

"咱们有麻烦了。"她说道。

格里戈尔感到有些奇怪，桌上竟没有摆满平板电脑。妮克莉娜就像一只有着长长的腕足和突出的椎骨的章鱼，虽然第一天工作时手忙脚乱，但后来却可以同时管理十个甚至十二个侦图机连接，她贪婪地工作，连气都不喘一口。可此时此刻，她面前的桌子上却只摆着一个平板电脑，孤零零的。

"是这个女孩。"妮克莉娜说着，凑近了她。

在处理已建立的侦图机连接时，格里戈尔从来都不会考虑那些"机主"，他并不是在跟"人"打交道，而是在跟那些与具体的国际移动设备识别码（IMEI）相关联的设备打交道：他只需要通信技术、十六进制系统以及一个画满信息表格的漂亮笔记本。"这个女孩"又是谁？

妮克莉娜把平板电脑递给格里戈尔。如果格里戈尔没记错的话，那是编号 47 的熊猫侦图机。

"出了点事，但是你不会生气的，对不对？"

格里戈尔到写字台旁去翻找47号连接的表格。没错，这就是他想到的那台侦图机，直到现在他都没能收集到这个连接的任何信息。这台侦图机被关在一个封闭的房间里，房间非常简陋，但却配备了几个游戏操作台和一个巨大的屏幕，侦图机被关在里面，根本就不许外出。有个半大小子每天都会进来几个小时，要么打游戏消遣，要么在扶手椅上睡觉。这个连接已经建立一个多月了，格里戈尔既没有得到任何信息，也没找到从那里出去的办法。

　　"怎么了？"

　　"我也不知道为什么，那房间的门被打开了。所以我就趁机逃出去了。"

　　"然后呢？终于知道咱们的侦图机在哪里了？"

　　格里戈尔拿起一支笔，为终于能搞到点儿信息而兴奋焦急。可妮克莉娜朝他做了个手势，让他过去挨着自己坐下。她已经给平板电脑截了屏，保存了很多截图，她想边给格里戈尔看图片边为他解释说明。

　　"你必须得看看才能明白，这事简直太疯狂了。"

　　格里戈尔坐了下来，妮克莉娜给他看了头几张图片。她已经把这些图片保存在这台平板电脑里，现在便一张一张地翻着，从头开始讲述事情的整个过程。原来，侦图机待在一间很简陋的房屋里，她没有发现任何人，便想听听声音，好判断一下自己所处的位置，于是，她就去了外面的院子。那里有散养的狗，但它们什么也没对她做，还有山羊，有好多只，都散布在院子里。妮克莉娜在翻到一张照片时停了下来，从这张照片里可以看出，那是一个普普通通、不设围禁的小镇，位于酷热潮湿的地区，天空中浓云密布，整张照片上连一个活人都没有，只有道路、几所房子，以及山羊，到处都是山羊。

"你从房子里出去了？"格里戈尔有些着急。

"我知道呀，我知道规矩，但你先等会儿。你先听我说。我没法穿过街道，因为那里都是土路，看见了吧？我根本走不了。"

格里戈尔看了看下一张照片。那个镇看起来真像一座"鬼镇"，那些山羊似乎不属于任何人。有一只就躺在街道中间，有五只正在一家废弃餐馆烧烤棚子下的阴凉里歇息，照片的背景中还有一大群渐行渐远的山羊。在一片破败寂寥中，一辆停在一所房子前面的红色摩托让格里戈尔吃了一惊，他想，这么说，还真有人在这里出没啊。

"但是我还是能在人行道上行进的，看见了吧？"妮克莉娜继续解释着，翻到了下一张照片。"我那会儿觉得可以去旁边那所房子看看。但那里也没有人。"

所以她就又走远了一点。

"有多远？"

"两个街区，也有可能是三个。"

格里戈尔抓住了自己的脑袋。这样远离自己的充电座实在是一种愚蠢的冒险行径。要是此时有人把侦图机关起来，要是出于某种原因它没法回到充电座上，那这几个星期的活儿就算白干了。

"得了吧，头儿，"最后，妮克莉娜打断了格里戈尔的责备，"难道您就从来没有被诱惑过吗？"

有几十次吧，但这些都是他的侦图机啊。他清楚没有什么比那种感觉更棒了：逃离"机主"，自由自在地在连接能覆盖的区域里活动，这确实是一种不同凡响的经历。但这种"不同凡响"只是对他而言，他给这姑娘付工钱，才不是为了让她去潇洒一番的。他不耐烦地看着妮克莉娜。

"等等，"妮克莉娜说道，"这可很重要哦。"

妮克莉娜让侦图机进到了三个街区以外的一间房子里，那是一间长长的矮房子，面积很大。

侦图机的电池显示还有 70% 的电量，所以妮克莉娜觉得电量还富富有余。有两个男人坐在门口的塑料躺椅上。妮克莉娜让格里戈尔看这张照片，格里戈尔看到，在两个男人中间，有一支靠在墙边的猎枪。

"一支猎枪？"

妮克莉娜点了点头。

"一支猎枪和好多好多山羊。"

那间房子周围有那么多山羊，这倒是帮了侦图机，它神不知鬼不觉地绕了一大圈，从后门进到房子里。好吧，其实那也不算什么后门，只不过是个门框，上面装了固定用的铁条。

"好了，赶紧看重点吧，你把我搞得怪紧张的。"

一条矮矮胖胖的狗进了房子。它毫不困难地从铁条中间钻了过去，于是妮克莉娜也鼓起勇气，跟在那条狗后面钻了进。妮克莉娜给格里戈尔看下一张照片，侦图机已经在房子里了：这是一间简陋的餐厅，门朝向厨房，一个女人正俯身在厨房的水槽旁刷盘子。妮克莉娜向格里戈尔解释，说她让侦图机穿过厨房，进了起居室，起居室里还有两个男人，正瘫坐在沙发上聊天。那个场景她没顾上截屏，而是尽可能快地跑过去了，当时侦图机是完全暴露在外的，根本没有地方可以隐蔽。

"他们说的是什么语？"

"我觉得是葡萄牙语。"

格里戈尔既吃惊又疑惑地盯着妮克莉娜。

"你要知道，我可是很喜欢罗纳尔迪尼奥[*]的呀。"妮克莉娜说着，冲格里戈尔挤了挤眼睛。

格里戈尔把语言这条信息记录了下来。妮克莉娜让侦图机沿着走廊继续前行，那条矮胖的狗狗一直跟在她旁边。她发现了很多房间，大概有六七间。第一间是空的，安装着铁栅栏。妮克莉娜给格里戈尔看了照片。

"这很明显是间牢房啊，格里戈尔。只有床和毯子。"

格里戈尔又把这条信息记录了下来，妮克莉娜茫然无措地盯着他看了一会儿，克制住不安，又继续讲下去。

其余的房间也是空的，倒是都有房门，不过那些门都是虚掩着的。有几张床铺的照片，都是

---

[*] Ronaldinho，全名罗纳尔多·德·阿西斯·莫雷拉（Ronaldo de Assis Moreira），1980 年 3 月 21 日出生于巴西阿雷格里港，拥有巴西和西班牙双重国籍，前巴西职业足球运动员。

双人床，床铺没有整理，凌乱不堪。

"在最后一个房间里有一个女孩，"妮克莉娜说，"那个女孩看到侦图机时，眼睛一下子睁得老大。她从床上跳下来，就好像在沙漠中看到一杯水。她跑到门边，在那儿放上一把椅子，好让我没法再出去。"

"那咱们现在是被关住了，而且还没有充电座？已经几个小时了？"

"那女孩连十五岁都不到，格里戈尔。她在纸上写了这个，还把纸举到了摄像头前。"

妮克莉娜给格里戈尔看下一张照片。照片里是一张脏兮兮的餐巾纸，除了一个电话号码，上面写的信息格里戈尔都没看懂。妮克莉娜念出她做的笔记：

"'我是安德雷娅·法尔贝，我被绑架了。我妈妈的电话是+584122340077，求求你了！'这是用西班牙语写的，"妮克莉娜做着说明，"我用谷歌搜索了一下电话的区号，是委内瑞拉的号码。我觉得侦图机现在在巴西，但那个女孩不是那儿的。"

格里戈尔惊惧万分地看着妮克莉娜，而她既害怕又兴奋地挥动着双手，就好像手被烫到了一样。

"必须得把她救出来啊。得给她妈妈打电话。"

"可我们不知道那女孩在哪儿。"

格里戈尔向妮克莉娜解释，网络连接系统是在匿名代理服务器的基础上运行的，系统会在不同的服务器之间自动跳转。就算有办法定位到那个连接，在短暂的搜索时段里唯一能获取的只有来自世界各地的已经失效的痕迹信息。妮克莉娜捂住了嘴。他们俩冥思苦想起来。

格里戈尔把 47 号平板电脑拿过来，第一次见到了那个女孩，不是在照片上，而是她活生生的样子。她瘦瘦的，眼窝深陷，正绝望地在抽屉里翻找着，似乎很小心，试图不发出任何声音。房间墙壁是水泥的，床单是黑色和粉色的，看起来是廉价的化纤布料。

"我们现在需要充电座，"格里戈尔说，"如果注意看电视，倒是有可能推断出侦图机在什么地方，但我们也不知道能得到多少信息。况且现在需要充电。"

"她在地上写东西呢，"妮克莉娜说，"把侦图机转向另一边。"

格里戈尔转动了侦图机。那个女孩已经在地

上画了一个十字，此时正在十字隔出的四个长方形里写字。她在左上方写了"否"，在右上方写了"是"，在左下方写了"不知道"，在右下方写了"再问问"。

妮克莉娜用翻译软件一个一个地查出了那些词的意思。

"确认了，"她说，"是西班牙语。"

"这没什么用，"格里戈尔说，"我们才是需要问问题的人，照这样，我们根本查不出那是什么地方。"

一个提示信息让他们注意到电池余量只有50%了。妮克莉娜从格里戈尔手里夺过平板电脑，操纵侦图机移动到"再问问"的方框中，也许是因为在那四个选项中，只有"再问问"与"再告诉我们点儿什么"最为相似。

那个女孩说起话来，可格里戈尔和妮克莉娜根本听不懂她在说什么。

妮克莉娜让侦图机指了"否"，又指了"再问问"。

女孩小声骂了一句，朝四周看了看，绝望地摇着头。

妮克莉娜让侦图机走到一支口红旁，将它朝

女孩的双脚推去。

"你在什么地方！"妮克莉娜冲着平板电脑大喊着，而格里戈尔在她身后的椅子上扭来扭去，试图想出个办法来。

到了下午的某个时刻，当侦图机的电量只剩30%，那个女孩终于能够冷静下来思考了，她在纸上写了些什么，然后把纸给侦图机看：

"苏鲁姆。"

格里戈尔看了看妮克莉娜。

"这回她说的是什么呀？"

妮克莉娜用谷歌搜索了一下，排除了几个搜索结果后，她叫了起来：

"是一个镇子！苏鲁姆是罗赖马州*的一个镇子，就在巴西。"

她一下子就找到了，苏鲁姆离巴西和委内瑞拉的边境线只有几公里。这个镇子实在是太小了，在维基百科上根本没有对应的词条。妮克莉娜将写着女孩妈妈电话号码的餐巾纸的照片放到格里戈尔跟前，他开始打电话。打电话时格里戈尔害怕得直打哆嗦，暗自诅咒着自己的运道，一个劲

---

* 罗赖马州（Roraima），巴西最北端的一个州，与委内瑞拉和圭亚那接壤，也是巴西人口最少的州。

儿地问自己，要是妮克莉娜不给他施压的话，他会不会打这个电话。他在电话里用英语问接电话的人是不是安德雷娅·法尔贝的妈妈，接电话的女人沉默了几秒钟，之后就哭了起来。妮克莉娜把电话从格里戈尔手里抢了过去，试图让她平静下来。但妮克莉娜马上就明白了，那女人连一个英语单词都听不懂，她之所以哭，是因为听到了她女儿的名字。于是格里戈尔和妮克莉娜挂断了电话，给距离苏鲁姆 317 公里的一个警察局打电话，这已经是他们能找到的离苏鲁姆最近的警察局了。他们的通话被从一条内线转到另一条内线，一旦别人发现他们不说葡萄牙语，就会把他们转到别的分机，直到最后有个人用磕磕绊绊的英语接了电话。格里戈尔和妮克莉娜试图解释发生的事情，但每当警察似乎终于听懂了，通话就会中断。妮克莉娜就再次拨打电话，打了好几次电话后，她才终于明白格里戈尔在打第一个电话时就弄清楚的事情。

格里戈尔告诉妮克莉娜，这事儿很有可能跟警察也脱不了干系，于是，妮克莉娜就给附近的其他警察局也打了电话。可要么电话反复被挂断，要么对方根本不说英语，要么人家让她拿着听筒没完没了地等。格里戈尔觉得，要推动解决这件事，还不如把那个女孩的形象拍下来，再跟一些非官方的媒体联系，但他也在想，这个决定是不是不太谨慎。格里戈尔并没注意到，妮克莉娜在给那些警察局打电话时都录了音，但当妮克莉娜提出的解决办法与他的想法不谋而合时，他立刻就猜到她肯定已经录音了，现在妮克莉娜有八段不同的电话录音，她给几家媒体打了电话，把所有的资料都交了出去。

几个小时以后，格里戈尔的手机响了起来，来电的是委内瑞拉警方。巴西联邦警察以及罗赖马州警察总署的长官也打来了电话。这时，身在苏鲁姆的小女孩问他们是不是已经打过电话了。妮克莉娜让侦图机指了"是"，女孩从那一刻起就开始默默地哭泣。格里戈尔将他们刚刚做的事情可能带来的后果给妮克莉娜列举了一遍，然后，两个人都沉默了一会儿，可能是在为他们自己盘算，考虑在这件事上他们各自打算做到什么程度。

"我们得把所有东西都转移。"最后，妮克莉娜说，然后，她就开始将自己的个人物品装到最早买的两台平板电脑的包装盒里，拿到走廊那儿去。直到这时，格里戈尔才明白她说的是什么意思。

两人把他们已经建立连接的六十二台平板电脑都搬到了对门的小公寓里。他们拆掉了妮克莉娜工作的桌子，把桌子搬回厨房，又把侦图机的表格和配备了三脚架的摄像机也拿了出去。任何可能给他们带来麻烦的东西都被转移了。当克罗地亚警察叩响格里戈尔的公寓大门时，他手头就只有一台平板电脑了，而且还不是47号电脑。格里戈尔还不太信任警方，决定还是自己保留那个连接，继续关注苏鲁姆的事态，能做到哪一步算哪一步比较好。所以他牺牲了一台电脑，其实说到底，他也没为那台电脑花太多的钱，他清除了那台电脑的历史记录，用它冒充47号，交给了警察。

与此同时，在另一片大陆上，真正的47号侦图机却因只剩10%的电量而濒临"死亡"。警察刚一离开，格里戈尔和妮克莉娜就立马开始着手拯救它。

"必须得让它回到充电座那儿去。"

"不行，"妮克莉娜说，"在这种时候，我们不能撇下那个女孩不管。"

"如果我们还待在那儿，"格里戈尔说，"顶多也就能再撑一刻钟。如果我们现在转移，就还有可能创造奇迹。"

妮克莉娜同意了。他们让侦图机走向椅子，轻轻撞了椅子几下。女孩明白了，搬开了椅子。那条矮胖的狗正坐在走廊中间等着侦图机，在去往厨房的路上，一直对侦图机闻个不停。沙发上只剩下一个男人在睡觉。收音机开着。妮克莉娜操纵着侦图机出了房子，避开了水泥和泥巴路面上的几个窟窿，她还得时不时地在山羊蹄子中间停下，小心不让自己被踢翻，就这样，在这个已经被暮色笼罩的鬼魅小镇里，侦图机沿着人行道一路离开那间房子了。妮克莉娜操控侦图机的技术可真是令人叹为观止，以前格里戈尔从来没有这么近距离地观察过妮克莉娜工作，此时他简直被震撼了。之前的那间房子外面仍然到处都是山羊，房门都还开着，跟那天上午的情形没什么两样。当妮克莉娜终于让侦图机坐到充电座上，两个人都大声喊了起来，击掌庆祝。他们可真是紧张到极点了。

阿丽娜坐在水池近旁的楼梯上，脱下运动鞋，好让石板上的热气烘干她潮乎乎的双脚。她想到了卡门，卡门曾对她说，艺术家们闻起来总是臭烘烘的。但他们又都如同奥林匹斯诸神那般英俊，"帅气又疯癫"，卡门有些嫌弃地说出这句话，但他们闻起来简直就像是从地府来的，但凡有哪位艺术家来借书，卡门就不得不给整个图书馆通风换气。她跑完十公里以后，是不是也会像那些艺术家一样，散发出难闻的气味？她坐在水池边阶梯堤岸的最后一阶上。在水池的另一边，一台侦图机正沿着展览大厅外墙的影子朝着展厅移动。

　　现在到处都有侦图机。阿丽娜能数出来的就有五台。几天以前，那个搞软木装置艺术的疯女人从厨房带走了一台并不属于她的鼹鼠侦图机，而那个拥有同款鼹鼠侦图机的俄罗斯人则带走了那个疯女人的侦图机。斯温把事情的前后详详细细地告诉了阿丽娜。两位艺术家谁也没发现他们交换了侦图机。直到后来那个俄国人的鼹鼠侦图机，也就是此时在"软木女"手中的侦图机，它的"机控"往自己老"机主"的手机上发了一条语音信息。这是俄国人头一回听到"机控"的声音，他不明白那条信息到底是谁发的，也不知道那信息里的是哪种语言。吃晚饭时，他把语音信息放出来给其他人听，那对智利的摄影师夫妇说，听起来像是威尔士语，那位妻子的妈妈是威尔士人，所以她立刻就听出来了。于是俄国人将语音信息转发给那位智利女摄影师，智利女摄影师又转发给她妈妈，她妈妈把信息翻译后录成了语音，不过是用西班牙语录的，然后再辛苦智利女摄影师用英语重复给所有人听，重复时她还竭力保持她妈妈说话时的语气。那条信息说的是："你要么把我从那疯女人的手里救出去，要么就干脆给我把连接切断！"那个做软木装饰艺术的女人就在看热闹的那些人中间。过了好几秒钟她才明白说的是她，随后，狂怒的她抓过"她的"侦图机——实际上是俄国人的侦图机——用尽全力扔到地上。

扔出去的第一下，侦图机翻倒在地上，俄国人还试图去救它，但那女人又扔了第二下，这一下直接撞到了摄像头，鼹鼠的脸彻彻底底地凹了下去。人们把那女人拉开，试图让她平静下来。趁人不备，另一台侦图机就此遁形，从此再也没有人看到过它了。那个被暴摔的侦图机幸存了下来，尖声惨叫着，俄国人把它抱走了，一边走一边哼着歌来安抚它，那可是斯温这辈子听过的最令人毛骨悚然的摇篮曲了。那些天，斯温谈论的只有这样的事情，都是关于艺术家和侦图机的事情。而阿丽娜就只是听着。

　　阿丽娜上楼回到房间，洗了个澡。然后，她坐到写字台前，在椅子上伸了个懒腰，把头发挽成一个大大的发髻，开始查阅她银行账户里的存款。尽管她手头并不宽裕，但她还是想尽早回到门多萨去。

　　"你真的一切都好吗？"她妈妈仍然在聊天时这么问她。

　　她总是给阿丽娜发来么么哒、西瓜和小猫咪的表情符号，还会发送阿丽娜侄女们的照片。

　　阿丽娜说她一切都好，并且给她回复了几个骷髅头的表情符号。

卡门曾跟阿丽娜保证，亡灵节会是阿丽娜在奥阿克萨卡居住期间经历的最棒的事情。要是阿丽娜没有见识到奥阿克萨卡人的庆祝活动有多精彩，她是不会放阿丽娜离开的。现在她们俩几乎每天下午都会去杂货店喝咖啡。阿丽娜提议，亡灵节的那天晚上她俩一起下山到奥阿克萨卡去。这个计划应该还不错，她们可以一家酒吧接一家酒吧地游荡，在那里一直待到凌晨时分。卡门只是笑了笑。计划确实不错，不过阿丽娜忘了，卡门不仅是个图书管理员，她还是个妈妈，而且她的两个孩子还都是侦图机的"机主"。那天他们得守夜。

"守夜？"

"是孩子们要干的傻事儿，"卡门说，"还不是因为那些抵制侦图机的活动。孩子们要整晚抱着他们的猫咪侦图机，好确保它们安全无虞。他们还想在窗户上钉上木板，把屋里的灯都熄灭，就好像要经历一场该死的僵尸进攻。"

卡门长长地啜饮了一口，喝完了自己的咖啡，然后便怔怔地望着群山。

"孩子们的爸爸，"她说道，"不但没有安抚他们，反而给他们每人买了一个应急背包，里面装着手电筒、睡袋、可以滋出红墨水的水枪……你就看等着我的都是些什么事儿吧。"

阿丽娜一回到房间，就打开她的平板电脑，用谷歌搜索"抵制""侦图机"和"亡灵节"。上校马上就要从工作室回来了，但是她刚刚听来的消息才是她此时全心关注的事情。表面上看，抵制运动是从阿卡普尔科*一个名为"拉斯布利萨斯"的社区发端的。那个社区有着狭窄的街道和出自设计师之手的房子，里面种满棕榈树，根据《金融时报》的说法，这是"世界上二十个最佳社区"中的一个，每四户人家中就有一户拥有至少一台侦图机。民调显示，这里每周都会损失约九台侦图机，在这样一个并不太大，而且社区居民又有足够财力将损毁的侦图机马上重新补足的社区，就出现了一个问题。人们不愿意将损毁的侦图机扔进垃圾箱，而各家的花园又埋不下那些侦图机。在附近的翁塔布鲁哈斯区，一位妈妈带着两个悲痛的孩子在一个绿树成荫的街角挖了一个墓穴，埋葬了两台熊猫侦图机，那可是方圆几公里内能找到的最接近公共空间的地方了。几天之后，在

---

* 阿卡普尔科（Acapulco），位于太平洋沿岸，是墨西哥最大的海滨城市，也是历史悠久、最知名的海滩度假胜地之一。

　　　　　　　　　　　侦图机

第一座坟墓周围又出现了更多的坟墓。那块地方再也无法安置更多的侦图机"遗体"了，尽管如此，在拉斯布利萨斯区为数不多的空地上很快就出现了更多的坟墓，甚至还沿着米格尔·阿勒曼大道的长街逐渐向其他社区延伸。

市议会命令园林管理部门把那些坟墓都平掉，修复它们对公共空间造成的损害。但到了第二天，就有一对老夫妇跑到市政厅前，要求返还他们侦图机的"遗体"。网络上，人们都非常愤怒，但没有人再到那儿去埋葬侦图机了。一位在电视上颇具摇滚明星范儿的社会学家呼吁，墨西哥各州在亡灵节的晚上都举行一次侦图机的集体葬礼。他的兄弟是一位反帝国主义的雷鬼 * 歌手，也是跟政府唱反调的某个政党的旗手级人物，他在最近的发言中提出了一个引起风波的反对提案，还冲着麦克风喊道："不要埋葬死去的侦图机，要埋葬活着的侦图机！"这番话在媒体上引起了众说纷纭的讨论。最终，如人们可以预见的那样，这些讨论的热度逐渐冷却下来，革命性的"抵制"运动也消弭在那些更吸引眼球的政治新闻中了。只

---

* 雷鬼（Reggaetón），结合了说唱音乐和加勒比风格旋律的音乐形式，据称源于波多黎各。

有在更年轻的网络世界中，还能感觉到这件事掀起的动静，但那些不满情绪也很快就被针对八至十五岁孩子的野外生存装备的大促销平息了。

山德士上校敲门的时候，阿丽娜把自已读过的内容保存在"喜欢"列表里，站起身来去开门。她转动钥匙，让侦图机进来，没有了翅膀，上校看起来怪怪的。有一块土卡在了它的一个轮子上，让轮子很难转动。可阿丽娜什么都没说，任由侦图机一路朝着充电座走去。充电座还放在床边，只是在好几天前被斯温挪到了他的那一侧，而且还是趁阿丽娜睡觉的时候挪的。阿丽娜脱掉凉鞋，扑到床上。已经有一个星期了，她每次把脑袋枕到枕头上之前，都会把枕头举起来，好确保斯温没有在下面放任何东西。每当阿丽娜想到斯温没准儿也会（为什么不会呢）给她留点什么的时候，她都格外想念他那双粗大的手。也许他会留下果皮果壳，或任何其他类型的记号，可能是她根本觉察不到的微小物品。接着她躺了下来，呆呆地盯着天花板。

这么多天，这么多个星期，躺在这艺术家公寓里的双人大床上，她袖手等待着的到底是什么呢？是在等着看斯温不为人知的一面，还是看她自己身上不为人知的一面？还有那些侦图机……
这是最让她恼火的事儿。侦图机这种愚蠢的发明
归根结底是怎么回事？那些人在别人的地盘上四
处溜达，难道就为了看看这世上的另一半人是怎
么刷牙的？为什么侦图机的故事就不能是其他样
子的呢？为什么就没有人利用侦图机来策划些真
正的暴行呢？为什么没人把一个装了炸弹的侦图
机放到人满为患的中央车站，把一切都炸成碎片
呢？为什么没有侦图机的"机控"去勒索飞行员，
逼迫他在法兰克福毁掉五架飞机，以此换取自己
女儿的性命？此时此刻，有成千上万台侦图机在
那些百分百重要的文件上转悠，可为什么就没有
一个"机控"记录下一条重磅信息，让华尔街股
市崩盘，或者干脆进入某个运行软件，让十几座
摩天大楼的电梯同时坠落？为什么就不能有一个
不幸的日子，一大早就死了上千名消费者，只是
因为侦图机不小心在巴西某家乳品厂里倾倒了一
桶锂盐？为什么侦图机的故事都是那么微不足道，
那么私密具体，那么小里小气，轻易便可预知结
局？它们都是那么平淡世俗，实在是令人绝望。
就连亡灵节的抵制活动都那么不了了之了。斯温
不会因为她而改变自己的版画作品，而她也不会

为任何人改变自己并不完满的生存状态。一切就这样消解在这平淡无奇中。

最后，阿丽娜决定，她要为自己买 11 月初的返程机票。这样她就可以出席那场斯温一直在公寓走廊上谈论个不停的"神圣"的展览，既不会觉得难过，也不会觉得荣耀，展览后过个一两天，她就会登上一班飞机，回到她亲爱的门多萨去，永远地躲藏起来。她会带走那台侦图机。她打算在飞行途中把侦图机放到飞机客舱上方的行李架上，但却不会把它带下飞机。还是让其他随便什么人的乳房走霉运去碰见上校吧。

要说的事情还真不少呢。在学校，马尔文每天都会在第一个课间为他的朋友们做个通报，想听通报的孩子越来越多了。这个年级里有四个同学是"机主"，做"机控"的同学更多，有些同学已经在做第二轮甚至第三轮的"机控"了。但他们中还没有一个人的侦图机生活在维京人的地盘上，更没有谁的侦图机能带着标满充电基站的地图，自由自在地四处活动。马尔文的境遇可是一个侦图机"机控"能碰到的最佳状况了。他的侦图机在外活动的时间仅限于晚上十一点到凌晨两点之间，在这个时间里，侦图机能遇到的人很少，不少人都已经喝得酩酊大醉，即便如此也还是很有意思。此外，如果有着侦图机的身高，就能在镇子上看到很多别人看不到的东西。"解放俱乐部"

的痕迹到处都是：马路沿儿和房屋墙脚上都有小小的涂鸦。万一下雨了，有箭头会指示你去哪里避雨，镇上还有几十个地方提供充电座和小修小补的服务。

就在前一天，马尔文还看到一张长椅的底座上写着：

"雪龙，祝平安顺利！给我们写信！"

他想到了Kitty03，想着她得付给杰斯佩多少钱，才能让他把这句话写到防波堤前的这片地方来。那么多朋友都在镇子的另一头，等着了解他的情况，而他却大半夜独自待在这里，这可真够蠢的。走到雪地花费的时间远远超过他之前的估计，尽管如此，不摸到雪他才不会回去呢。他打开了地图，研究了一会儿几条可选择的路线。

就是因为这么一个不注意，有人把他从地上拿了起来。他本来待在一个看不见人影的黑黢黢的街角，可此时却有两个男孩正举着他使劲摇晃。他们是从什么地方冒出来的？看起来像是兄弟俩，与他年纪相仿，可能还要小一些。两人都拿着弹弓。是那个年纪小一点的孩子把侦图机从地上拿起来的，但那个大一点的孩子却从他手里一把抢走了，他拉拽着侦图机的轮子，就像要把轮子都拔下来似的。小龙掉到了地上，打着滚儿，但两个孩子又把他捡了起来。两人为了抢夺侦图机大声叫喊，甚至打起架来，侦图机的镜头晃动得太厉害了，让人几乎搞不明白发生了些什么。在一次挣扎中，马尔文在地上看到了杰斯佩用来给他安装第二块电池的托架的一部分。马尔文吓坏了。两个孩子再次把他扔到地上，又把他捡起来。小的那个一边大喊一边试图把侦图机从他哥哥那里夺过来。马尔文毫不犹豫地启动了报警器。杰斯佩还要多久才能赶到啊？他记得这个报警器除了可以激活定位装置之外，还能发出震耳欲聋的声音，但现在却一点声音都没有。小龙又掉了下来，在地上滚动着。马尔文继续开启报警器，但根本没用。他撞到了马路沿儿上，竟然是轮子着地，真是奇迹，他站了起来，试图逃走。一条狗朝他跑过来，冲着他吠叫，露出了牙齿。两个男孩又从后面把他抓了起来。在那条狗身边有一个男人，现在侦图机已经到了他的手里。两个孩子怒气冲冲地叫着，那个男人训斥了他们，推着他们走到一辆卡车那儿，为他们打开了驾驶室的门，两人互相撕扯着头发上了车。男人将侦图机放在卡车的后车厢里。一被放开，马尔文就跑了起来，但其实他根本无处可去。车厢底板都生锈了，两侧也没有任何围板或护栏，只在边缘处有一圈凸起的槽钢。车厢中间堆着几箱苹果，用粗麻绳拴住固定在驾驶室里。那个男人翻弄了几下，打开最上面那个箱子的塑料盖，拿了三个苹果就离开了。他上了车，关车门时整辆车都震动了。发动机点火启动，马尔文电脑屏幕上的图像抖动起来，他试图抓牢旁边的什么东西，但最后只能紧紧贴在那些苹果箱子上。镇子的景象移动起来，他们经过住宅和商店，沿着霍宁斯沃格，向与去雪地相反的方向一路开去。车子拐了个弯，马尔文不得不努力让自己不要失去平衡。他考虑过干脆任由自己掉下车去，但是车外的景色移动得太快了，他也不能保证摔了这么一下子之后他还能不能活下来。很快，镇子被甩在了后面，他们驶上一条公路，顺着坡往上开，离大海越来越远。

马尔文本来以为，如果他们走得不太远，他又时刻注意周围的情况的话，还有可能凭直觉找到回去的办法。但很快他就看不到镇子了。公路转成下坡路，过了斜坡之后，便可以看见一大片延展开去的湖水。一座码头和两幢寒酸的房子一闪而过。驶过湖边后，他们又开始爬坡，这时马尔文看见了雪。那片雪离他还很远，但他们正朝着它的方向开去。有好一会儿他们一直在直行。马尔文从来都想象不到雪还能那么洁白。

"马尔文！"从餐厅传来爸爸叫他去吃饭的声音。

卡车驶离了公路，开上一条土路，镜头的颠簸使马尔文根本看不清楚。他担心太剧烈的颠簸会把他从苹果箱子上面抛出去，但他却什么也做不了。一次猛烈的撞击让侦图机跳了起来。马尔文以为自己要从车上掉下去了。他的轮子撞在车厢底板上，这时，他朝着车厢中央迅速移动，尽可能地贴近苹果箱子。在他的平板电脑上，图像变得越来越暗，现在只能勉强看见卡车行进时映照在沥青路面上的红色灯光，远处，如在天际，那片雪在月光的照耀下闪着光。

马尔文的爸爸又在楼梯那儿叫他了。

卡车加速了，开得太快了。又是一次颠簸，这一次马尔文终于失去平衡。他翻倒在车厢底板上，撞上了驾驶室的围板，又朝前滚了过去。卡车又开上了一条岔道，那条路是个陡坡，几个苹果撞上了侦图机的镜头。所有的一切都在晃动。马尔文根本不可能站起来，也根本不可能抓住什么东西保持平衡。他朝着车厢的一侧滚了过去，凸起的槽钢支撑了他一会儿，但最后这下撞击让他又跳了起来。

他掉下去了。他感觉到轮子下面空落无物，然后便摔到了沥青路面上，轮子橡胶发出尖厉的摩擦声，它的塑料和铁皮外壳顺着斜坡全速向下滚去。

爸爸正在书房门外叫着马尔文的名字，马尔文费了好大劲儿才让自己不哭出来。他滚动着，继续朝着那片湖水滚了过去，这时他想起了妈妈和那片雪。似乎已经没有任何东西能让他在乎了，更不用说上帝还一再地从他这儿夺走那些他最在乎的东西。他还在翻滚着，他的爸爸打开了门。马尔文放下平板电脑，把它搁在书本上，他狠狠地咬紧牙关，仿佛他身体的任何其他部分都动弹不得了。侦图机跌落发出的金属噪音还在房间里回响。要是爸爸问这是怎么回事，他要怎么办呢？他该如何向爸爸解释实际上自己正被撞来撞去，摔得七零八落，正无法控制地一路向下翻滚？他使劲地吸了口气，终于可以呼吸了。爸爸听见他掉下来了吗？他能明白平板电脑发出的就是他撞在石头和土块上的声音吗？他望着自己的爸爸，可爸爸只是摆了一下头，示意他出去。马尔文从椅子上下来。从爸爸身边走过时，他看到爸爸手里捏着学校的成绩册。马尔文似乎已经感觉不到地板了，他好像正在空中行走。他走到楼梯旁，在迈下楼梯前停住了脚步。整座房子都显得那么不真实，那么无关紧要。他花了会儿工夫，辨识出了那片寂静，意识到那寂静来自他的平板电脑。

"下去。"爸爸对他说。

他想告诉爸爸他不能下去了，他觉得头晕、难受，因为他已经"下去"了，已经没法再往下走了。他听到爸爸关上了书房的门，然后是钥匙的声音，爸爸的脚步声越来越近。马尔文不得不抓住大理石扶手。有那么一刻，那份凉意让他的指尖感到了痛楚。他想到了自己的妈妈。但只过了几秒钟，安提瓜的酷热便将这份凉意从他的梦境中带走了。

"下去。"他又听到了这句话。

爸爸的手从后面推了推他。一级台阶又一级台阶，每一次都在向下。

中午时分，两名快递员带走了五台已经延迟发货的电脑。如今 B 计划已经发展到了一定的规模，就算有妮克莉娜帮忙，价格也涨到了原来的四倍，卖出的连接也还是比他们能补充买进的电脑要多。格里戈尔很清楚这种生意的发展规律。现在侦图机连接的价格已经开始降低了，折扣优惠也越来越多。只是做倒手生意的往往都要挨到最后一刻才会降价，很快这一行就要不景气了。

苏鲁姆发生的疯狂事件让妮克莉娜在格里戈尔的房间待了三天两夜。两人一直关注着是否有消息和来电，电话时不时地就会响起，大部分的侦图机连接他们都顾不上管，现在好多工作都滞后了。他们轮班睡觉，只简单地吃些饼干和酸奶来充饥。格里戈尔的老爸对正在发生的事情毫无察觉，仍然每天按时给他们拿酸奶来。

最令他们苦恼的还是苏鲁姆那台侦图机前途未卜的处境。经过了五个小时的充电后，妮克莉娜启动了侦图机，看到那所房子的门都还开着，她不由得松了一口气。身在萨格勒布的妮克莉娜把正在她脚边地板上睡觉的格里戈尔摇醒，两人一起操控着侦图机，打算再次到屋外的人行道上去探探周围的动静。镇子看起来还跟前一天一样空空荡荡。就在他们让侦图机穿过第二个街区时，有人把侦图机拿了起来。他们看到了仍旧灰蒙蒙的、浓云密布的天空，还看到了警车，妮克莉娜确信她看到了两辆警车，就停在对面的人行道上，车顶上警灯闪烁。然后就只有一片黑暗了，侦图机似乎被塞进了一个口袋里，要不然就是被人家蒙上了镜头。而侦图机的轮子似乎也没有踩在任何东西上。

"我们现在悬空着呢，"格里戈尔说，"最好还是省点儿电吧。"

他们从声音判断出，侦图机刚刚被弄进了一辆卡车或某种拖车里。虽然有了个立足之处，但却根本没有挪动的空间。侦图机可能是被塞进了一个盒子里。妮克莉娜停下了一切操作，把平板电脑调成休眠模式，放在桌子上。

从那一刻开始，他们每隔一会儿就让侦图机睁开眼睛，检查一下状况，但总是发现它仍然处于一片令人忧虑的黑暗之中。周围没有人说话，什么也听不见。于是他们俩就开始去处理那些已经耽搁交货的侦图机连接了。

两人各自在管理的电脑前忙活着，都试图以此来分散一下注意力，但在内心深处，他们所有的注意力都还集中在那个暂时停止活动的侦图机连接上。他们干活，轮流在床上睡觉，然后再接着干活。在被妮克莉娜称为"绑架"的事件发生了大约十五个小时后，她唤醒了侦图机，尽管它仍被包裹在某种深色布料中，但已经能听到说话和开门关门的声音了，还能看到一些光束，它似乎正在一处很宽阔的地方活动。格里戈尔立刻凑了过来，继而迷惑不解地摇了摇头。

这到底是怎么回事呢，他想。

"要不我让侦图机叫一声？"妮克莉娜问。

"先等等，等到看见什么了再说。"

"起码人家又给咱们充电了。"

他们就这样又在黑暗中度过了差不多一天的时间。妮克莉娜越来越频繁地启动侦图机，直到第五天，当他们与侦图机连线时，发现情况已经完全不同了。

　　此时侦图机在一个宽敞的餐厅里，可这栋房子却很寒酸。墙壁没有粉刷，看起来很老旧，餐厅一侧有两张塑料桌子，一扇屏风将桌子与餐厅的其他部分隔开。三扇没有窗锁的大窗户朝外面的一条走廊敞开着，走廊再过去，就是热带丛林了。他们现在是在热带地区啊。三个小孩正在地上玩，这时，他们好奇地看向了侦图机，可能是因为它终于动弹了。一个孩子站起来，朝左边的一间屋子跑过去，回来时，身后跟着两个女人。

　　"是她啊！"妮克莉娜喊了起来。

　　两个女人中的一个就是先前那个女孩，看到侦图机后，她立刻热情地向它打招呼。后面那个女人看起来是妈妈，她正看着侦图机，同时还在围裙上擦着双手。她们走到侦图机跟前。女孩手里有一根粉笔，她在侦图机面前的地上画了起来，重新画了一个他们之前沟通交流时用的那种简陋的"十"字。母女俩都看向侦图机的镜头，高兴地冲它说话，还时不时地打断对方的话。看起来她们是在表示感谢，只是格里戈尔和妮克莉娜连一个词的意思都猜不出来。女孩画的那个"十"

字只能让他们来回答，他们俩实在想不出该怎么告诉母女俩他们什么也不明白。

"她们看起来是很好的人哪。"妮克莉娜也兴奋起来。

格里戈尔轻轻抚摸了一下妮克莉娜的肩膀，妮克莉娜吃惊地看了他一眼。他们俩一起操控了一会儿侦图机，尽可能地与女孩和她妈妈沟通，母女俩身后跟着那三个好奇的小孩。随后，那位妈妈告了个别，走开了。妮克莉娜找到那位妈妈的电话号码，又给她打了电话，她觉得可以向那个女孩建议使用其他的沟通方式。屋里的电话响了，女孩去接电话。格里戈尔倒是希望不要再被牵扯到这件事里了，但已经晚了，有人接起了电话。

"是我们，"妮克莉娜说，"你还好吗？"

她马上用英语重复了这句话，然后又用磕磕巴巴的法语说了一遍，格里戈尔还从来没听她说过法语呢。显而易见，那女孩还是没听懂她在说什么。这到底是个什么样的社会啊？看起来那里的人都知道侦图机是个什么东西，但却连一个英语单词都不会说。格里戈尔觉得，那个女孩甚至都没有将侦图机和她刚刚接到的那个电话联系起

侦图机

来。她挂断了电话，和那几个小孩说了些什么，那些孩子都笑了起来。

于是，妮克莉娜放下了平板电脑。她看起来有些失落，但也像是刚刚从身上卸下了沉重的负担。

"现在好了，我得去好好洗个澡。"她说道，伸了个懒腰，将章鱼触手般的手臂向上伸展开来。然后她站起身来，朝门口走去。"谢谢。"出门之前，她在房间门口对格里戈尔说，还冲他笑了笑。

格里戈尔也对妮克莉娜报以微笑。虽然姑娘离开的时候他觉得有些空落落的，但还是让微笑的表情一直留在脸上。房间里就剩下他一个人后，他想了一会儿那双修长而灵活的手臂，还有那被丝绒般的皮肤覆盖着的有如"异形"的颈椎骨。也许，在经历了与47号连接相关的这一切后，他也并没有什么损失。格里戈尔抓过平板电脑，坐到床上，操控着侦图机在那女孩的家里转悠了一会儿，评估着这个家庭的社会和经济条件。尽管发生了先前的那些事情，但要是他运气不错，这个侦图机连接没准儿也还是能卖出去的。这地方实在是太一般了，只能将将算是说得过去，不过周边的风景却颇令人赏心悦目，那家人的生活也如在桃源画中一般，总会有些来自欧洲的有钱人想要探访按照传统方式生活的贫穷国家，借此来发扬他们的善心。不得不说，那女孩和她妈妈看起来都是很好的人，那几个小孩也都很听话，他们一直充满好奇地跟着侦图机，既没有靠得太近，也不在它身上乱摸。女孩走开了，格里戈尔让侦图机跟上她，他们一起走进了厨房，那里也很宽敞，也是还没装修完。两个男人正在桌边聊天，女孩的妈妈正在水池里洗东西。女孩跟她交谈了几句，母女俩看起来都很高兴，根本没在意那两个男人的谈话。靠近那两个男人后，格里戈尔觉得自己搞清了母女俩不关心两人谈话的原因：那两个男人都在说英语。岁数大的那个可能是这家的父亲，他只能说些简单的英语。

"我……钱……没有，没一点钱了。已经花了。"

另一个是年轻人。他肤色白皙，正抽着烟，英语发音堪称完美。

"您女儿可是回来了啊，伙计。您不明白吗？既然女儿回了家，钞票也得回到老大的钱包里去啊。"

女孩端着两个盘子走过来，在他们俩面前各放了一个。年轻人拉住了女孩的手腕，亲了一下她的胳膊，同时还看向了女孩的爸爸。然后，他仍拽着女孩，说：

"他们对这事儿可连问都没问。"

看起来，女孩根本就不明白这两个男人在说些什么，但她脸上的微笑一下子就消失了，就好像突然发现自己遇上了一件根本搞不明白的事情。

格里戈尔想象着自己就像那个紧贴在食品柜边的侦图机一样，并没有被人注意到，他在那儿待了一会儿，听到女孩的妈妈正高兴地叫着她。格里戈尔想到了妮克莉娜，想着自己能否告诉她，他们到底把那个女孩送回到了一个什么样的地方。格里戈尔又想到了自己的老爸，想到了老爸的酸奶，想到了拜 B 计划所赐积攒下来的那些钱。然后他明白了：他再也不想继续看陌生人吃饭、打呼噜了，他再也不想看到有哪只小鸡在被它疯狂的同伴啄掉羽毛时发出惊恐万状的叫喊，他再也不想把任何人从一座地狱送到另一座地狱。都过了这么久了，那些该死的国际规范还没有出现，他才不要等到那些规则出台才从这买卖中脱身。他要离开这一行，卖掉手头剩下的那些电脑，他就转行去干别的。他进入了"设置"页面，都懒得先让侦图机从那所房子里出来，便切断了连接。

艾米莉亚梦到过克劳斯。梦到他就在床上，
在床单中间动来动去，还感觉到他在黑暗中抱住
了自己。然后，更糟糕的事情发生了。一股热乎
乎、泡沫一般的东西，还有那个大号德国阳具顶
在她两腿之间时硬邦邦的感觉终于让她醒了过来。
艾米莉亚真是吓坏了，她不得不打开台灯，坐了
好一会儿。这时她看到了她的小兔子侦图机。它
待在房间中央，睁着小眼睛，正温柔地看着她。
小兔子看到她做梦了吗？看到它不该看到的东西
了吗？艾米莉亚和这台侦图机已经共同生活了快
一个星期了，这个星期她们是那么的和睦，那么
的亲热，艾米莉亚甚至有些不好意思承认这一点。
但跟格洛丽亚她倒没有不好意思，她把一切都告
诉了格洛丽亚，因为格洛丽亚是她这次"探险"

中的重要盟友，她俩彼此信任。而对自己的儿子，艾米莉亚却什么都没说。儿子现在简直被那个穿黑靴的女人迷住了，最近他完全没什么兴致回答自己老妈提出的任何问题，但要是两人提到侦图机，他要说的话可就多了，远远超过他愿意聆听他老妈说的话。

儿子一点都不注意保护自己的隐私，这让艾米莉亚很担心：她很恼火，因为就连她这个属于上一代、一辈子都不太了解科学技术的人都清楚并意识到了跟那些侦图机有瓜葛所意味着的风险。这一点她每天都能在电视新闻里看到。电视台会邀请专家在晚上十点钟的节目里像播报天气预报一样列出新的建议和需要注意的事项。艾米莉亚认为这根本就是个常识问题，要学会如何把握分寸。而这就需要人生经验和一点直觉了。但是去冒个险倒也还是值得的，不管怎么说，也还有一些像她的小兔子、还有她操控的在埃尔福特的那只小兔子一样的小动物侦图机。这些小动物侦图机的操控者都是心怀善意之人，所求所想不过是与其他人一起分享一段时光。

她跟埃娃就是这样，至少在一开始的时候。后来克劳斯制造了她们之间的龃龉，现在日子重又变得波澜不惊，但是那个德国佬还在一直给她打电话。最开始的几次，一看到手机屏幕上亮起那家伙的号码，艾米莉亚就会吓得发抖，拿着手机在家里走来走去，不知道如何是好。但最后她都会接起电话。那德国佬说着一种口音很重、令人费解的英语，他说的大部分话艾米莉亚都没听懂，然而，在接了三四通电话后，艾米莉亚开始熟悉起那个低沉的声音，发现能不能猜出那家伙所说的内容其实也不是那么要紧。近几个月来她在思维方面已经获得很大的拓展，这让她怀疑在克劳斯那些淫荡的、充满攻击性的电话中或许还有一些其他的意味。艾米莉亚告诉自己有必要努力听他说，这也是一次推测出埃娃更多真实生活细节的机会。她这么做是为了埃娃，或者说是为了她们俩。她听着那个德国佬的声音，闭着眼睛，竭力想听明白。也许那个男人只是在博取关注，也许打电话只是他的一种发泄方式，以此来疏解艾米莉亚无法了解的艰难的、令人压抑的生活所带来的压力。有时候，克劳斯的语气像是在问问题，接着就是一阵沉默，这时艾米莉亚就会用西班牙语瞎扯几句，聊聊天气或当天的新闻，直到克劳斯打断她，再度说起话来。挂断电话的通常都是克劳斯，而艾米莉亚当然会坚定地撑到最后。

艾米莉亚把被子掀到一边，穿上她的衬衣，站起身来。小兔子跟着她到了厨房，她们烧上水，准备沏茶。不到一个星期，她们就已经有了自己的例行日常。一开始，艾米莉亚试图不让自己沉溺于那只小动物的魅力之中。她相信看到了被真真切切地重现的自己，一个跟她在埃尔福特亲身扮演的形象那么相似的东西整天在她脚边转悠，这也许让事情具有了欺骗性，让她的信任感超出了应有的程度。但是，她的侦图机向她表现出了尊重，这是显而易见的。它跟埃尔福特那台侦图机相似，并非单纯因为它们都是相同毛色的小兔子，小耳朵之间都别着相同风格的发卡，而是因为她们在几乎所有方面都显得那么心有灵犀，这就像她随时都可以看到自己一样。有时候，因为她要外出去街角买东西而不得不把侦图机关在家里，每到这个时候，她甚至会感到分外心疼。

"你是我认识的唯一一个既是'机主'又是'机控'的人。"格洛丽亚曾这么跟她说。

伊内丝在进行最后几趟长距游泳的时候，已经游完的艾米莉亚和格洛丽亚就一边淋浴一边偷偷地聊一聊关于侦图机的话题。

"那会给你一种特殊的视角，对不对？"

也许是吧，艾米莉亚自己也发现了。有时候她正在埃尔福特的公寓里逡巡，四处寻找着埃娃，而就在那时，她听到她自己的小兔子侦图机也在身后移动，就好像是她自己行为的滞后的回音。对她的小兔子来说，看到自己的主人同时也在"操控"侦图机，它应该会很安心。因为这势必会让你去考虑每种操作隐含的意味，试图去理解和支持他人。但是，她现在到底是什么呢？难道是一个研究侦图机的双重面孔的禅宗僧人吗？不过，她现在是一个在学很多东西的人，这一点倒是毋庸置疑的。

"那些侦图机什么都懂，您明白吗？"后来，艾米莉亚就是这么强势地对超市的那位先生表态的。

那时她正在收银台那儿等着付钱，看到那个男人让侦图机待在柜台上，在小票和发票之间走来走去。她觉得那人让侦图机这么自由活动并不是很明智，而且她开始怀疑，有些侦图机做出过分之事，就是因为它们的主人过于疏忽了，反之亦然。界限和分寸实际上是这些关系的基础。总之，她与自己的儿子就是这么相处的，至今还没有出现任何不良后果。

　　从超市回来后，艾米莉亚把买的东西都放进冰箱，开始准备午餐。冰箱上贴着她打印出来的埃娃和她在埃尔福特的照片，每次开、关冰箱门的时候，她都会看到它。她还打印了另外一些照片，都是她用手机从电脑屏幕上拍下来的。她在这儿贴几张照片，在那儿也贴几张，甚至把其中一张放进一个非常漂亮的镜框里，那可是儿子送给她的礼物。克劳斯的照片她也打印了几张。她很喜欢那个德国佬穿着内裤做饭的照片。现在，除了被贴在浴室镜子上的两张照片，其他的都放在床头柜上。她想把一张特别搞笑的照片做成卡片送给格洛丽亚。艾米莉亚得承认，在内心深处，她还是很希望自己的朋友能看看，在某些下午给她打电话的到底是个什么样的男人。

　　艾米莉亚一边看新闻一边吃午饭，然后打扫了厨房。她一般会利用这几个小时来处理家务，因为通常这段时间她的小兔子侦图机都要睡上一会儿。艾米莉亚把小兔子放到充电座上，就像埃娃对她做的那样。她拿起侦图机的时候，总是有些苦恼地检查一下，看看它后轮之间那盏毫不起眼的小灯是不是还亮着。格洛丽亚跟她解释过，那是确保连接畅通的唯一方式，就算侦图机在睡觉，灯亮着，连接就还在。

下午两点，艾米莉亚和侦图机会准时来到电脑前，埃尔福特那台侦图机便会醒过来。有时候小兔子会要求到桌子上去，艾米莉亚便把它放在电脑屏幕前。对于这只小兔子来说，看到另一个"自己"在别的地方被自己的"机主"操控，大概是件特别令人着迷的事儿。

"那是埃尔福特，在德国。"艾米莉亚时不时会告诉它一些信息。

小兔子会发出咕哝声，碰碰艾米莉亚的胳膊，盯着她的双眸，然后眨眨眼睛。它喜欢埃尔福特，但它显然不喜欢克劳斯。克劳斯最近一次打电话来时，有那么一会儿，侦图机就盯着手机屏幕上亮起的电话号码看，一动不动，就好像那是魔鬼本人打来的电话。也许它注意到了主人的紧张情绪。也有可能它听懂了克劳斯在它耳边说的一些话，而且，这些话让它很不痛快。

"他一点都不坏啊，小姑娘，"挂断电话后，艾米莉亚对侦图机说，"你别担心。"

在显示着埃尔福特场景的屏幕上，克劳斯已经将电话放回到厨房桌子上，开始做三明治。他穿着内裤走来走去，打开冰箱，将几只鸡蛋摊到平底锅上，在这个过程中，他几乎一直端着他的啤酒不撒手。艾米莉亚想，克劳斯和埃娃在床上时，跟埃娃说的会不会就是他给她打电话时说的话呢，一阵难为情让艾米莉亚不由偷偷看了一眼她的小兔子。这时，在埃尔福特，克劳斯的电话响起来了。克劳斯把火关小，接起了电话。与英语相比，艾米莉亚更喜欢听克劳斯说德语，尽管她根本听不懂他在说什么，但克劳斯说德语时的语气跟和艾米莉亚说英语时是很不一样的。这时，克劳斯一脸严肃地听着电话。他走到窗边，头一直侧向电话，似乎在凝神倾听人家跟他说的话。艾米莉亚完全不清楚这是怎么回事，但克劳斯这副专注的样子真是不同寻常，这真是一通奇怪的电话啊。克劳斯看了一眼艾米莉亚操控的侦图机，这一眼可真让艾米莉亚吓了一跳，因为之前，在他第一次像撵老母鸡一样追在她后面跑之前，他也这么看过她。克劳斯走了过来，一边通话一边频频点着头。这时，埃娃打开公寓的大门走了进来。她这是刚做完瑜伽回来，带着瑜伽垫，肩上挎着包。克劳斯用手捂住电话话筒，向她解释了些什么，埃娃也看了看侦图机，手里还拎着东西，就好像有人刚刚告诉她一个需要她思考才能理解的消息一样。埃娃和克劳斯都看着侦图机，而艾米莉亚在屏幕上看着他们俩，猜不透眼前这一切到底是怎么回事。克劳斯接着打电话，不时点点头。他在一张纸上记了点东西，又说了几句话便挂断了电话。他走向埃娃，把手机屏幕给她看，用手指在屏幕上划着，似乎正在给她看不同的照片。埃娃看着，表情有些奇怪，看完后禁不住露出了一丝微笑，那神情中带着艾米莉亚从来没有在她脸上看见过的邪恶，但一闪即逝。埃娃放下背包和瑜伽垫，坐了下来。她望向站在地上的侦图机，侦图机已经跑到了她的脚边，因为艾米莉亚想就近看看她，迫不及待地想弄明白是怎么回事。埃娃俯身挪到侦图机旁边，盘腿坐在地板上，手里拿着电话，拨起号来。

在艾米莉亚家里，电话铃响了起来。让人操心的事情还真是不少啊。手机在写字台上振动着，直到小兔子侦图机把手机推到了她的手边。那是克劳斯的电话号码。艾米莉亚接了起来，埃娃看向她，微笑起来。她在跟艾米莉亚说德语，屏幕上的翻译器发挥了作用。

"您好。"

在电话里，她的声音更成熟而生硬。

"您的小兔子刚刚把您和我男朋友打电话聊天的照片发给我了。"

埃娃用"您"来称呼艾米莉亚。

"还有您那贴满了我们照片的家的样子。也发了您的照片。我觉得您那清教徒式的小兔子正怒火中烧呢。"

艾米莉亚想搞清楚是怎么回事，可她根本弄不明白。

"您的小兔子似乎对自己的主人很失望。而我想跟您说……"埃娃的声音听起来愈发缓慢而严肃，她的声音是那么的有感染力，让艾米莉亚后颈的汗毛都竖了起来，"艾米莉亚，"她居然知道艾米莉亚的名字，"我非常，非常，喜欢你那老奶奶款的内衣。"

他们看到她穿着米色灯笼裤的样子了？看到那条能一直提到她胸口下的灯笼裤了？

"非常喜欢，"埃娃看着克劳斯说道，"我们俩都喜欢。"

艾米莉亚一下子从椅子上跳了起来，打翻了放在旁边的茶。她站在那儿，不知如何是好，心跳快得吓人。这时，她发现自己仍然把手机举在耳边。

"小姐……"她想说话，可那虚弱而嘶哑的声音提醒着她，她已经衰老不堪了。

她不知道该怎么说下去，于是便挂断了电话。在埃尔福特的埃娃看了看电话，对克劳斯说了些什么，后者哈哈大笑起来，拉住埃娃的胳膊，一下子把她抱了起来，然后就开始脱她的瑜伽运动裤。艾米莉亚愤怒地关上了屏幕，但随后她又打开了，埃娃正在褪下克劳斯的短裤。怎么样才能切断这场噩梦？她试着打开了控制面板，找到了那个她每次都会忽略掉的红色按钮。

"您希望取消您的连接吗？"

艾米莉亚选择了"同意"，双手抓住了椅子的靠背。她抓紧了椅背，甚至让椅子发出咯吱咯吱的声音，还在上面划出了无法抹去的痕迹。屏幕上跳出一个红色的对话框："连接终止。"这是艾米莉亚头一回在她的电脑上看到这么大、这么红的东西，她的身体似乎已经无法再对任何新刺激做出回应了。她一动不动地呆在那儿，因受到的欺凌和恐吓而筋疲力尽。侦图机正从写字台的另一头看着她，似乎在用谴责的态度审判艾米莉亚，但艾米莉亚已经不打算再忍受它那一套了。她突然想起了克劳斯，他其实已经教过她如何在现代生活中杀死那些母鸡了。艾米莉亚抓起那只兔子，把它带到厨房，塞进洗碗池。当她松开手去开水龙头时，侦图机试图逃脱，但她猛地抓住它的耳朵，怀着满腔怨恨和挫败感，把它塞到了哗哗的水流下面。兔子大声喊叫着，用力踢蹬着腿，艾米莉亚心想，如果她儿子此时能看到这个场景，不知会做何感想。她用麻木的双手将兔子举到水龙头下，捂住它的眼睛，用尽全力将它按向下水口，让它淹没在水里，直到它底座上的那盏绿色小灯停止了闪烁，要是儿子看到这一切，估计会为她感到万分羞愧吧。

恩佐已经快两个星期没见到卢卡了。跟心理医生的会面、与前妻的争吵以及一名社工的介入，这几点当中的某一点让恩佐开始担心自己会失去儿子的监护权。回想起两年前一位法官曾断定恩佐的妻子没有足够稳定的条件来照顾孩子，恩佐就觉得有些惭愧，而现在同一位法官可能会认为让他来照顾孩子是个更糟糕的选择，一想到这个，恩佐就有些不寒而栗。他知道，心理医生已经跟卢卡谈了很多个小时了，他觉得，与他前妻相比，那名医生受过更好的教育，也有更丰富的学识来应付世界上所有的邪恶，她应该已经从头至尾地向卢卡列举了那些罪行，要是她觉得有什么地方没说明白，就会添加细节，要是卢卡的回答有含混的地方，她还会把孩子说不清楚的内容画到

　　　　　　　　　　　　侦图机

纸上。现在恩佐已经没法护佑儿子了，这都是恩佐自己的错。他们会对卢卡这么说，还会问他所有的问题，孩子也许将不得不学会在那种情形下生活。

一个星期要进行三次"伤害测评"，还要四个人一起去警察局：一个父亲，两个疯女人，外加一个小男孩；或者说是三个大人加一个小孩，而小孩子根本就不应该去警察局，照顾孩子的人也应该比这三个大人都更靠谱才对。卢卡默默忍受了这一切。那两个女人要求对侦图机立案，但负责立案的警官已经解释了好多遍，类似的案子从法律上来说是不可能被受理的。恩佐不得不签署一个达成共识的协议文件，在文件中承诺中断侦图机的连接，保证立刻搬家，并且同意孩子的母亲有权不经通知就上门探访，以此确保家里没有任何不正常的情况，还要确保卢卡一切都好。

既然所有文件都签好字，恩佐也就可以重新见到卢卡了，所以，当他按响汽车喇叭，看到他前妻家的大门被打开，卢卡朝他飞奔过来的时候，他觉得自己简直拥有奇迹般的运气。

"你好吗，小冠军？"卢卡没有搭腔。他关上车门，把双肩包甩到后座上。"我很高兴，"恩佐说道，"你会喜欢新家的。"

他已经让人把儿子的房间刷成了黑色，就像孩子几年前要求的那样。

"这样你就可以用粉笔在墙上写字了。"恩佐向卢卡解释着，可卢卡说他已经不是五岁的小孩子了。

房子虽然不大，也没有花园，但距离市中心只有七个街区，这样卢卡就可以走着去上学了。这一点让卢卡很高兴，恩佐看到他脸上闪现出一丝微笑。

头一个星期，新公寓闻起来总有股怪味儿，而且还总是找不到要用的东西，但父子俩毕竟是在一起了，他一直竭力争取的不过就是这一点。街区的房产中介已经为他们搬离的房子找到了租户，那租户下个月一号就要入住，如果恩佐想要拿回还留在温室里的一些杂物，那他这几天就得回去拿。

"您还得把钥匙也给我们，"房产中介对他说，"我老是忘了跟您要。"

趁着卢卡跟他妈妈一起过周末，恩佐可以在新公寓里泰然自处。他睡了个长长的午觉后醒了过来，起了床，煮了咖啡，然后决定最后再去一趟以前那所房子。

　　恩佐到达房子时，天已向晚了。他打开百叶窗，把灯都开开。空空荡荡的屋子刚被粉刷过，看起来比从前任何时候都更宽敞但也更沉郁，恩佐在心里想，他在新公寓里能忍上多久就会迫不及待地想回到这里。他走出屋子到了院子里，打开温室的门，几个星期前，他临走前把侦图机放在它的充电座上，留在温室的一个角落里。此时它仍一动不动地待在原地。侦图机与充电座接驳的指示灯还亮着。恩佐打开电灯，环顾了一下温室里凄凉的光景。一些干枯发黑的植株已经从畦陇倒在了地上，一颗辣椒滚到了温室中央，早已腐烂发霉了。这时他听到了电话铃声。铃声是从屋子里传来的。恩佐扔下背包，走出温室。他穿过院子，走进厨房，对着墙上的那部老电话端详了好一会儿。他跟卢卡到这个家来的那天，房子里面唯一的一样东西就是这部电话，如今他们离开了，这部电话又成了他们唯一留下的东西。电话已经非常老旧了，尽管如此，它一直能响。恩佐拿起话筒。一阵刺耳而阴沉的呼吸声让他汗毛倒立。

　　"孩子在哪儿？"那个声音说。

是在问他儿子在哪儿吗？有那么一会儿，恩佐还以为是不是他前妻家出了什么事。他努力让听筒贴着自己的耳朵。那是另一个男人的呼吸声，但却正在钻入他的体内，这让他一下子全明白了。

"我想再见到卢卡。"

恩佐将听筒死死压在自己的耳朵上，他的耳朵都疼了起来。

"我想……"那声音说道。恩佐挂断了电话。

他用两只手挂上了电话，但却并没有松开话筒。他就那么待在那儿，像是任由自己吊挂在墙上的那部电话机上。然后他望了一眼空旷的客厅，强迫自己呼出一口气，想着自己会不会就此瘫坐下来，再也动弹不得，这时他才记起现在并没有人在看他，那台侦图机还待在它的充电座上，被关在温室里。

当电话重又响起来时，恩佐向后跳了一下，他站在厨房中间，一动不动地盯着电话，直到他决定了要怎么做。他走出屋子，又进到温室里。侦图机还在自己的充电座上等着他。恩佐打开那个存放各种工具的柜子，拿出了铁锹。他走上畦陇，将那些干枯的植物从表面拨开，然后开始挖土。他隐约感觉到侦图机从充电座上下来，走开了，但他努力不让自己转过头去。侦图机哪儿也去不了；恩佐在取出铁锹之前，已经确保把门关好了。他不停挖着，直到觉得挖的坑已经足够大了才停下来，他把铁锹扔到一边，朝着侦图机走去。那鼹鼠想逃走，但恩佐毫不费力就抓住了它，把它举了起来。侦图机的轮子绝望地四处乱转着，一下扭向这边，一下又扭向另一边。恩佐把它仰面朝天放进那个小小的墓穴。鼹鼠摇晃着脑袋，它的身体已经动弹不得了。恩佐把留在坑周围的土都推进了坑里，盖住了侦图机的侧面、肚子和脑袋的绝大部分。然后，他把其余的土砸向了侦图机那双从来都不闭上的眼睛。他用尽全力用拳头去夯土，直到感觉到有什么东西发出咔嚓咔嚓的碎裂声，有东西碎裂了，但仍在颤抖，在不为人觉察地挪动着。恩佐又拿起了铁锹，高高举到空中，朝着那层土拍了下去。他拍了一次又一次，把那堆土拍瓷实，直到最后确信，就算那底下还有活物的脉动，也再也不会有任何能被重新打开的缝隙。

阿丽娜和卡门在杂货店喝着最后一杯咖啡。

"你什么时候走啊？"卡门问道。

"星期天走。"阿丽娜回答，这才发现她只把自己要离开的事情告诉了卡门一个人，但并没有明确告诉她自己什么时候走。她还没有找到时机把这件事告诉斯温。

"你是把我独自留在这座地狱里了啊，亲爱的。"卡门说，一口把自己的那份咖啡喝光了。

两人拥抱了一下。阿丽娜觉得自己一定会想念卡门的，这段在美景镇度过的日子毕竟还是让她收获了一点美好的东西。她们一起穿过广场，在教堂前分手道别。阿丽娜耐着性子回到了家。这样的下午用来处理很多事情是再理想不过的，但在土坡另一边的"奥林匹斯山"，"艺术家"展览的盛大开幕式还正等着她呢。

斯温已经跟他的助手在主展厅里忙活一个星期了。他的加泰罗尼亚经纪人早就雇了一名摄影师来记录布展的全过程，从那时起，她就基本上看不见斯温和侦图机的影子了。最近这几天的下午，山德士上校甚至都不怎么回家来看她，而是在工作室里一直待到晚饭后，然后又去公共休息区鬼混，有可能是在跟别的侦图机套近乎。斯温已经将他的那些版画彻底抛在脑后，现在，他怀着越来越强烈的期望，想搞一场装置艺术，但对于这位"艺术家"到底在策划些什么，阿丽娜却一无所知。

她发现停车场里已经停满了车，两辆出租车先后停了下来，让又一群客人下车，虽然天还没黑，但山坡上的灯都已经亮起来了。阿丽娜走在一大群陌生人中间，在心里问自己大概几点钟了。到了展厅附近，她在一扇能映出自己倒影的落地窗前停住了脚步，捋了捋头发，还整理了一下自己的吊带裙，从腰线处拉上来的吊带在脖子后面打了一个结，调整吊带的时候她发现，两个月来每天出去跑步已经让她的身材变得棒极了。

在走上最后几级台阶时，阿丽娜听到了如

潮的掌声，她明白自己到得有点儿晚了。她想象着斯温正跟他的女助手在一起，一副志得意满的样子。人们从来都没有为这位"艺术家"那些灰色的版画作品献上过这样热烈的掌声。阿丽娜避开人群，走进美术馆的中央大厅，那里有几个侍者正为人们端来香槟。展览的起点在更里面的地方。阿丽娜继续走向一号展厅，在那里，公众们渐渐四下散开。在展厅的一面墙上，斯温的巨幅照片被放在他的生平简介上方。阿丽娜有时候都忘了斯温有多么英俊，她正想着这一点时，突然发现有点不对头，周围四面长长的白色墙壁上没有任何东西，连一件悬挂着的作品都没有。到处都是侦图机，她脚边就有一台猫头鹰侦图机，正在仔细地打量着她。地板上布满了紫色的塑料圆牌，每个圆牌上都写着一句话："摸摸我""跟我来""爱我吧""我喜欢"。也有"礼物""照片""够了""是""不""绝不""再来一次""分享"这些话。阿丽娜发现自己正站在一个写着"靠近我"的圆牌上，而那个盯着她看的侦图机正停在"给我打电话"的圆牌上，脑门儿上还写着一个电话号码，实际上，几乎所有的侦图机身上都写了点东西，电话号码、邮箱地址、名字。也有在背后贴着纸条的。"我是诺尔玛，正在找工作""我们是一个非营利协会，请给我们捐一欧元……"还有一些侦图机身上带着照片、美金、名片、身份牌。那个在阿丽娜脚边的侦图机发出尖叫声，在那个写着"给我打电话"的圆牌上转着圈，阿丽娜在附近寻找着写着"不"的圆牌，可是她找到的两个都被人占了。看起来到场的人跟侦图机一样多，人和侦图机在一起，形成了一连串没完没了的尖叫声、电话通话声以及从一个圆牌跳到另一个圆牌时毫无规律的跳跃声。人和侦图机实在是太多了。一个男人将一个写着"给我"的圆牌举到空中，先转向一边，再转向另一边，就像那些在拳击场上举牌绕场的女孩。

"你有没有见过写着'绝不'的牌子？"一个女人问阿丽娜。

她在胸前捧着十来个写着"绝不"的圆牌，可能都是她收集起来的。阿丽娜摇了摇头，这时她意识到自己正站在一个写着"我爱你"的圆牌上，于是赶紧跳开，然后又走动起来，好从"摸摸我"和"我要"的牌子上面走开。然而根本没有多少能让人站着但又不发言的空间，到哪儿都会踩上些什么。阿丽娜朝着下一个展厅逃过去。

"这可真棒啊！是不是？"她经过时听到一个女人说。

阿丽娜转过身，原来是那名女助手，她冲阿丽娜挤了挤眼睛，就朝大厅那边去了。那姑娘知道阿丽娜是什么人吗？她会知道斯温在什么地方吗？阿丽娜想问问她，可是她已经走远了。

第二间展厅更小一些，人也没那么多。展厅中央有一个木头基座，上面只放着一台侦图机，如同一件图腾。那是一台兔子侦图机。阿丽娜走近墙上挂着的两块屏幕。马上就明白了屏幕上放的是这可怜的兔子侦图机过往生活的两重世界，此刻的它已经被关机，僵硬地待在它的木头基座上。在第一块屏幕上，一个镜头贴近地面，在一间餐厅的椅子腿之间向前推进。旁边那块屏幕似乎是前一块屏幕镜头的反向拍摄画面：一个男人看向镜头，正在敲击键盘。难道斯温事先跟那位用户联系过，在他跟前放了一台摄像机吗？还是那位用户曾拍过即时自拍录像，而视频资料通过其他方式到了斯温的手中？那个男人的视线从画面的一头移动到另一头，他时不时地向下看着键盘，同时嘴里还低声嘟囔着什么。侦图机视角的镜头现在正穿过一条走廊，画面里有着一种属于男人的猥琐和肮脏。侦图机推开一扇门，藏到了床底下，一个女人正关上衣柜门，同时还把身上的衣服脱了下来。那个男人吹了声口哨，把手机举到屏幕前，好把一切都录下来。这时阿丽娜联想到她跟斯温在床上时，上校会看到的场景。但她知道这种事不会发生在她身上，她一直都非常小心，从第一天开始就提防着这种"机控"用户。

这时她听到了笑声，又有三个女人端着她们的香槟杯子来到这个展厅，阿丽娜离开这里，向下一个展厅走去。看到这里展出的内容跟前面的差不多，她不禁有些失望。展厅中间又是一台侦图机，展厅一面墙上的屏幕播放着这台侦图机"机主"和"机控"的画面。阿丽娜没有停留，直接走了过去，前往下一个展厅。

在展厅门口，她跟一个男人撞了一下，那人扶正了眼镜，看了她一眼，明显吃了一惊。阿丽娜看着他走远，一路上心急火燎，在走回中央大厅的过程中撞上了好几个人。一种模糊而黑暗的直觉让她不由得深深吸了一口气。她朝展厅看过去，那台侦图机正背朝着她站着，但她立刻就认出来了。也许她在走进展厅之前就已经心知肚明了。就像前面两台侦图机一样，山德士上校也被固定在一个木头基座上。阿丽娜认出了它后背上被火燎过的痕迹，脑门上的万字符标记，被粘在左眼上的鸟嘴，还有被剪断的小翅膀。侦图机的眼睛紧闭着。这时，右边的屏幕上出现了阿丽娜。阿丽娜看到自己正走向镜头，身上穿着她离开门多萨时妈妈送给她的牛仔短裤和T恤衫。屏幕上的她看起来要更胖一些，但她此时并没有为此而烦恼。在另一块屏幕上，一个大约五十岁的男人正一脸迷惑地看着键盘。他又高又胖，留着唇髭和络腮胡子。这时，一个七岁左右的小男孩闹着要他抱，还把他的控制手柄夺了过来，那个男人任由孩子那么做，就在那儿看了好一会儿，为孩子能把侦图机操纵得那么好而感到意外和激动。在右边屏幕的画面里，阿丽娜正朝着浴室走去，小男孩操控着侦图机跟着她，绕开了房间里的小地毯和屋子尽头的抽屉柜，但是阿丽娜在他跟前猛地关上了门，那个抱着小男孩的男人笑了起来，挠着小男孩的肚子胳肢他。随后画面又变了。现在镜头正静静地对着公寓紧闭着的大门，男孩一动不动、全神贯注地等着。在他身后，一个可能是他妈妈的女人正把一摞衣服放到一个乱七八糟的架子上。这时，阿丽娜想到了斯温。她简直无

　　　　　　　　侦图机

法相信，他每时每刻都在盯着她，这么长时间居然什么都没对她讲。在侦图机视角的镜头里，公寓大门被打开了，阿丽娜认出了自己的双腿和运动鞋，她正走进公寓。在旁边的屏幕上，男孩高兴地拍起手来，朝他妈妈叫了起来。影像又变化了。那个五十岁的男人已经有段时间没出现了，但那个男孩却总是在那儿，每当阿丽娜进入镜头，他都会高兴地喊起来。有时候他会一直盯着阿丽娜看，揉着鼻子，一脸陶醉的样子，有一次他甚至在电脑屏幕前睡着了。每天他都热切地盼望着，就为了看阿丽娜去外面跑步回来，看她从图书馆回来，看她晒太阳回来，看她去杂货店回来，或者单纯为了看她醒过来。阿丽娜感到自己的身体变得僵硬起来，有什么强有力的东西正在向后拖拽她，让她在屏幕上的影像还在继续变化的时候离开了那个展厅。她看到自己正在冲镜头后的男孩叫喊，给他展示自己的乳房，把侦图机拴住，让它够不到自己的充电座。有时候那个男孩会跑出去，然后，在好长的一段时间内，那房间里都空无一人。有时候那个男孩的脸会红得像个番茄，在阿丽娜出现之前，他就已经哭得涕泪横流了。有一次那位父亲走进房间，强令男孩把电脑关掉并跟他一起出去。但男孩总是又返回来。他对着那些斩首的画面，被吓得浑身瘫软；在侦图机被挂在电风扇上的那个下午，男孩也在那儿，阿丽娜剪下了侦图机的翅膀，并且在镜头前用厨房的点火器把它们烧掉了。昨天晚上，在床上百无聊赖、无所事事的时候，阿丽娜还把侦图机从地板上拿起来，用吃饭时用的餐刀戳它的眼睛，直到屏幕上出现了道道划痕。

阿丽娜向后退了几步，撞上了几个正惊愕万分地看着影像的人。她不得不推开他们，好走出去。她回到了前一个展厅，之后是更前面的那一个，直到回到中央大厅。在大厅中央，斯温正被一群崇拜者簇拥着，在艺术家公寓的主管们面前展示一个圆牌。阿丽娜在那儿一动不动，激动地喘息着。她盯着斯温，看到他满面笑容，接受着别人的祝贺，而她此时满脑子想的都是自己怎么才能让斯温受到一切可能的伤害。但阿丽娜还是待在那儿没动，在人群中、在那些圆牌和侦图机中间，她觉得自己跟一切都是如此的不协调，觉得自己的身体已经变成了一件新的展品。斯温已经把她放在她自己的基座上展示，已经干净利落地把她所有的部分都分隔开来，让她不知如何动弹。一种不适感如蚁走般爬满她的全身，甚至进到了身体内部，进入了她的胸腔，她问自己那会不会让她情绪崩溃，让她害怕，让她愤怒。她简直要爆炸了，她有一种要大声喊叫的冲动，但却怎么也喊不出来。她只能在自己的内心里采取行动，就像一条啃食木头的蛀虫，让完全僵硬的身体蠕动起来，在自己的隧道中间爬行。她那台被钉在木头基座上的侦图机在干什么？难道它已经被关掉了？是那孩子的父母切断了连接吗？会不会是斯温请求他们这么做，来作为自己展览的完美收官？或者，是那个男孩自己决定切断连接？阿丽娜想象着那孩子在自己的房间里，看着已经全黑的屏幕上自己的倒影。

　　她还是可以思考的。但她一闭上眼睛就会看到她的上校。它的外壳被烫坏了，长毛绒的边缘也被火烤焦了。她思忖着侦图机后背上的哪个地方才是它的肩胛骨，又想象着自己在轻轻地抚摸着那些骨头之间的空隙，就像她年幼时父亲对她做的那样。她想象着自己去敲那男孩家的门，把手伸向他，让他领着自己沿街而下，朝一个广场走去。那是一只小小的手，软软的，汗津津的，有时会在她的手里动一动。"咱们最好还是坐一会儿吧，"她说，"咱们得谈一谈。"男孩同意了，他们松开手，坐了下来。水泥砌的凳子被太阳晒得热乎乎的，让他们的腿肚子也温暖起来，他们有的是时间。男孩神情专注地看着她，他需要听到她不得不说出来的话，不管那些话是什么。只要她张开嘴，随便说出一句话就足够了。但那只虫子却只能在她自己内心的隧道中爬行，而她实在是太疲倦了，已经再也无法动弹。

阿丽娜睁开了眼睛。她进最后那个展厅前在门口撞到的那个男人正朝她走来。她还是可以思考的：她要去搭一辆出租车。她要跑到出租车停靠站，上车后嘭地关上车门，任由车子向着奥阿克萨卡的方向行进，隐没在一片山丘之间。展厅里有人在对阿丽娜指指点点。一个女人望着她，用手捂住嘴，一副被吓坏了的样子。阿丽娜告诉自己要紧紧抓住出租车的后座，不让自己向后回望。美景镇的灯光会渐渐消失，直到最后，只能依稀看见山顶上金光璀璨的那个地方，那座灯火辉煌的、奥林匹斯山般的美术馆。她会忘掉所有那些神祇，不做任何抵抗，任由自己坠入凡尘。她要投降了。她要把这话告诉别人，但她已经无法再度闭上眼睛。她呼吸着，站在那些圆牌上，

　　　　　　　侦图机

站在几百个动词、命令和愿望上，人们和侦图机围绕着她，他们已经辨认出了她。她是如此僵硬，以至于感觉到自己的身体正在碎裂，怀着一种几乎可以将她击垮的恐惧，阿丽娜头一回在心中暗暗问自己，她是不是正立足于一个实际上还能逃脱的世界。